Bianca

Un príncipe enamorado
Robyn Donald

Editado por HARLEQUIN IBÉRICA, S.A.
Núñez de Balboa, 56
28001 Madrid

© 2009 Robyn Donald. Todos los derechos reservados.
UN PRÍNCIPE ENAMORADO, N.º 2043 - 8.12.10
Título original: The Virgin and His Majesty
Publicada originalmente por Mills & Boon®, Ltd., Londres.

I.S.B.N.: 978-84-671-9065-6
Depósito legal: B-39196-2010
Editor responsable: Luis Pugni
Preimpresión y fotomecánica: M.T. Color & Diseño, S.L.
C/ Colquide, 6 portal 2 - 3º H. 28230 Las Rozas (Madrid)
Impresión y encuadernación: LITOGRAFÍA ROSÉS, S.A.
C/ Energía, 11. 08850 Gavá (Barcelona)
Fecha impresion para Argentina: 6.6.11
Distribuidor exclusivo para España: LOGISTA
Distribuidor para México: CODIPLYRSA
Distribuidores para Argentina: interior, BERTRAN, S.A.C. Vélez
Sársfield, 1950. Cap. Fed./ Buenos Aires y Gran Buenos Aires,
VACCARO SÁNCHEZ y Cía, S.A.
Distribuidor para Chile: DISTRIBUIDORA ALFA, S.A.

Capítulo 1

ROSIE Matthews contempló el salón de baile del palacio y pensó que la fiesta de coronación del Gran Ducado de Carathia estaba saliendo a pedir de boca.

Mirara donde mirara, los ramos de flores contrastaban suntuosamente contra el blanco y el dorado de las paredes. Los invitados irradiaban privilegio y poder con sus esmóquines y las invitadas llevaban vestidos de tan alta costura que el salón de baile parecía una pasarela de los diseñadores más famosos del país. Además, la luz de las lámparas de araña arrancaba destellos a las diademas, pendientes y collares de piedras preciosas de valor incalculable.

Todas las mujeres de la fiesta parecían increíblemente altas y elegantes, incluida la que se encontraba a su lado, Hani Crysander-Gillan, duquesa de Vamili y cuñada del príncipe Gerd, recientemente coronado. Hani llevaba una diadema con cinco diamantes de Moraze, su tierra natal, que relucían contra su cabello oscuro.

–Te envidio –dijo Rosie con alegría–. Éste va a ser el único baile de coronación al que asista en mi vida, y tendría que subirme a una silla para ver todas las maravillas de este lugar... Nunca había visto unas joyas tan bonitas. Y los vestidos son increíbles... En comparación, me siento el patito feo de la familia. Y eso que ni siquiera soy de la familia.

Hani rió.

–Estás preciosa, lo sabes. Por cierto, no sé cómo te las has arreglado para encontrar un vestido con el mismo tono entre ámbar y miel de tu pelo...

Rosie se miró el vestido.

–Fue un golpe de suerte. Cerca de mi casa, a la vuelta de la esquina, hay una tienda especializada en ropa *vintage*... –le explicó–. Éste se encontraba en muy buen estado. Ni siquiera parece que tenga diez años.

–¿A quién le importan los años que tenga? Es un clásico.

Rosie pensó que al menos le hacía parecer casi tan alta como el resto de las invitadas; aunque no habría conseguido ese efecto sin sus zapatos de tacón alto, que le habían costado casi todos sus ahorros.

Hani arqueó las cejas y añadió:

–Me extraña que dudes de tu aspecto... no es propio de ti, Rosie. ¿Qué ocurre? ¿Hay algo que te preocupe?

Rosie sacudió la cabeza.

–No dudo de mí. Es que estoy asombrada con las joyas que llevan esas mujeres; son más valiosas que el presupuesto nacional de varios países pequeños.

Rosie había mentido a su amiga. No estaba molesta por las riquezas que veía a su alrededor, sino por un asunto bien distinto.

Justo en ese momento, el príncipe Gerd, que acababa de convertirse en el Jefe de Estado de Carathia, pasó bailando por delante de ellas con la mujer que se iba a convertir en su esposa, la princesa Serina.

Serina era una criatura alta y extraordinariamente bella cuyo cabello negro, recogido con un peinado alto y muy elegante, era el escaparate perfecto para la diadema de diamantes que se había puesto esa noche.

–¿Seguro que eso es lo que te molesta? –preguntó Hani.

–Eso y que todas las mujeres van cargadas de joyas y miden diez centímetros más que yo –confesó al fin–. Sin embargo, ser bajita tiene la ventaja de que nadie me ve y de que Gerd no esperará que su prima destaque...

Rosie alzó su barbilla pequeña y redondeada y observó el salón de baile. Inevitablemente, sus ojos se clavaron en el hombre que la había invitado a ella y a otros cientos de personas a la ceremonia. En ese momento, la cara arrogante y atractiva de Gerd dedicaba una sonrisa a la princesa que tenía entre sus brazos; un segundo después, echaba un vistazo a su alrededor con una expresión que irradiaba fuerza y autoridad.

Rosie se ruborizó y bajó la mirada a pesar de saber que el príncipe no la estaba buscando a ella. Sólo se quería asegurar de que todo estaba saliendo conforme a sus planes. Porque Gerd siempre tenía un plan, así como la determinación absoluta de llevarlo a cabo en cualquier circunstancia.

Rosie sintió una nostalgia profunda. Se había convencido de que sus esperanzas amorosas, que albergaba desde años atrás, desaparecerían en cuanto viera a Gerd en compañía de la princesa Serina, una mujer muy bella e incomparablemente más adecuada para él.

Por desgracia, se había equivocado. En cuanto puso

un pie en Carathia y lo volvió a ver, el fuego de su corazón se avivó.

Pero pensó que dejarse llevar por la tristeza estaba fuera de lugar; a fin de cuentas, no se podía avivar un fuego que no había llegado a arder. Además, ya habían pasado tres años desde el verano mágico que pasaron juntos.

Gerd y Rosie se conocían desde siempre, pero las cosas cambiaron radicalmente durante aquellas semanas largas y tórridas.

Rosie, que entonces tenía dieciocho años, se sentía muy atraída por él; sin embargo, Gerd le sacaba doce años y tenía mucha más experiencia, así que le daba miedo. Cada vez que le sonreía, ella ocultaba sus sentimientos tras la máscara alegre y de desenvoltura excesiva con la que se defendía del mundo. Además, la vida amorosa de su madre, que siempre había tenido mala suerte con los hombres, le había dejado la huella de la desconfianza.

Pero Rosie no pudo evitar que su amistad con Gerd se fuera convirtiendo en algo más profundo. Entre chapuzones y salidas a navegar o a montar a caballo, el cariño que se tenían desde la infancia adoptó la intensidad de una promesa que ella no reconoció hasta la última noche, cuando la besó.

Todos sus temores desaparecieron al instante, devorados por el fuego de una pasión cautivadora y arrebatadora. Gerd murmuró su nombre y quiso separarse, pero ella se aferró a su cuello y él quedó atrapado en una especie de hechizo que la obligaba a besarla una y otra vez y a arrastrarla a lo más profundo de un mundo apasionante y desconocido.

Rosie no supo cuánto tiempo se estuvieron besando. Sólo supo que sus atenciones alimentaron un fuego que acabó con sus temores virginales y que todavía se apretaba contra el cuerpo fuerte y duro de Gerd cuando él la apartó al fin.

–Qué estoy haciendo... –dijo ella, hablando con dificultad.

El deseo se desvaneció rápidamente y Rosie se quedó paralizada y sin palabras. Lo único que sentía era la humillación helada y amarga del rechazo.

Él dio un paso atrás y declaró:

–Discúlpame, Rosemary, no debería haberte besado. Aún eres muy joven; tienes que madurar mucho todavía... disfruta de la universidad y procura no romper demasiados corazones.

Gerd le dedicó una sonrisa que a Rosie, en esas circunstancias, le pareció irónica. Incluso llegó a la conclusión de que aquello no había significado nada para él, de que el suyo era el único corazón que había sentido algo especial.

Por primera vez en su vida, Rosie había sentido la fuerza del deseo.

Por primera y última vez.

Desde entonces había conocido a hombres tan atractivos, tan sensuales y tan interesantes como Gerd, pero ninguno había desatado su pasión; ninguno había despertado el hambre de sus sentidos hasta el extremo de no querer otra cosa que satisfacerlo.

Por lo visto, sólo quería a Gerd.

Rosie dejó de recordar el pasado y volvió a mirar al príncipe, que en ese momento decía algo a su acompañante. La princesa alzó la cabeza y sonrió. Hacían una pareja tan perfecta que volvió a sufrir el dolor y el vacío que había sentido aquel verano, cuando Gerd se marchó y ella ya no tuvo más noticias suyas que las que recibía a través de Kelt, el hermano del hombre de sus sueños.

Sin embargo, no le guardaba rencor. Sabía que no se había puesto en contacto con ella porque su vida cambió radicalmente cuando se marchó de Nueva Zelanda y volvió a Carathia. Su abuela, la gran duquesa, lo nombró heredero al trono y Gerd se vio enfrentado a una serie de revueltas que terminaron en una pequeña pero cruenta guerra civil. Terminada la guerra, la princesa Ilona cayó enferma de gravedad y falleció, de modo que Gerd se vio obligado a asumir la jefatura *de facto* de Carathia.

En los tres años transcurridos, Rosie había tenido tiempo de sobra para olvidar aquel verano. Y lo había intentado con todas sus fuerzas. De hecho, se había ganado fama de seductora a base de coquetear con un sinfín de pretendientes. Pero nunca llegaba a nada; bajo su desparpajo aparente no había sino una estrategia defensiva destinada a evitar cualquier tipo de intimidad verdaderamente profunda.

Nadie habría imaginado que seguía siendo virgen. Nadie habría imaginado que su deseo era propiedad exclusiva de Gerd.

Perdida en sus pensamientos, Rosie estaba mirando tan fijamente a la pareja que la princesa lo notó y dijo algo al príncipe, quien se giró hacia su antigua amiga.

Rosie se ruborizó un poco, pero reaccionó a tiempo. Miró a Hani, hizo un gesto hacia los príncipes y comento, con naturalidad como pudo:

–Hacen buena pareja, ¿verdad?

Hani dejó pasar unos segundos antes de responder.

–Sí... Sí, es verdad.

Rosie notó el escepticismo de su amiga y sintió la tentación de preguntar, pero la música se detuvo en ese momento y Kelt, el hermano menor de Gerd y esposo de Hani, apareció.

La cara de Hani se iluminó al instante. Hani y Kelt llevaban varios años casados y ya tenían un niño, a pesar de lo cual se querían tanto como el día en que se conocieron. Rosie sintió envidia y se preguntó si alguna vez llegaría a tener una relación como la suya, una relación estimulante, satisfactoria, apasionada.

Pero estaba harta de dejarse dominar por sus ensoñaciones. El pasado no la llevaría a ninguna parte; debía empezar de nuevo y olvidar aquella obsesión. Algún día, encontraría al hombre adecuado y descubriría los secretos del sexo con él.

–Rosemary...

Rosie tuvo la impresión de que la tierra temblaba bajo sus pies cuando alzó la mirada y se encontró ante el rostro anguloso e intimidante de Gerd.

Allí estaba otra vez. La misma sensación intensa, seductora y traicionera de siempre. Una añoranza casi tan potente como el deseo que la acompañaba.

Sin embargo, echó mano de su orgullo e intentó mantener el aplomo.

–Hola, Gerd –dijo, con naturalidad fingida–. Al parecer, nunca voy a conseguir que tu madre y tú me llaméis Rosie en lugar de Rosemary...

Gerd se encogió ligeramente de hombros.

–Tal vez deberías hablar con ella –sugirió él.

Rosie soltó una risita irónica.

–Intenta decirle a Eva que me llame Rosie y ya verás lo que pasa. En cuanto a ti, te lo he pedido docenas de veces e insistes en llamarme Rosemary.

–Porque no me lo pedías... me lo ordenabas –puntualizó–. Me molestaba que una chiquilla doce años menor que yo me diera órdenes.

Rosie se dijo que no estaba enamorada de él, que nunca lo había estado.

Se lo repitió varias veces, con desesperación, e intentó ver al príncipe como un hombre normal y corriente; no como el poderoso, persuasivo e inalcanzable sujeto de sus fantasías eróticas.

–Baila conmigo –dijo él.

Rosie se estremeció ante la perspectiva de volver a estar entre sus brazos; pero se resistió a la tentación y le dedicó una sonrisa desafiante.

–¿Y tú tienes la audacia de acusarme de dar órdenes a la gente?

–Es verdad. Tal vez debería plantearlo de otro modo –respondió él con humor–. Rosemary, ¿te gustaría bailar conmigo?

–Mucho mejor, Gerd. Sí, por supuesto que me gustaría.

A pesar de su aparente relajación, Rosie tuvo que hacer un esfuerzo para caminar con él hasta la pista de baile. Cuando Gerd la tomó entre sus brazos, ella se sintió como si el tiempo no hubiera transcurrido, como si aún vivieran en aquel verano maravilloso.

Lo deseaba con toda su alma.

Pero se volvió a repetir que no estaba enamorada de él y que no lo había estado nunca; que aquello sólo era una reacción física, una simple cuestión de hormonas descontroladas.

Justo entonces, Gerd rompió el silencio.

–¿Cuánto tiempo ha pasado desde la última vez que bailamos?

–No lo sé.

Hasta la propia Rosie supo que su respuesta era estúpida, un simple movimiento a la defensiva. Y Gerd se dio cuenta, pero ella lo miró a los ojos y añadió:

–Claro que lo sé. ¿Cómo lo iba a olvidar? Fue durante mi primera fiesta, ¿te acuerdas? Durante el verano que estuvimos en Nueva Zelanda.

–Me acuerdo –dijo él, sin apartar la mirada de sus ojos.

–Y también me diste mi primer beso. Dejaste el listón tan alto que es difícil que lo puedan superar...

Rosie dijo lo del beso para sobresaltar a Gerd y pasar a la ofensiva, pero fracasó.

–Me halagas, Rosemary; porque según tengo entendido, te han dado muchos besos desde entonces.

Desconcertada, ella preguntó:

–¿Cómo sabes eso?

Gerd se encogió de hombros otra vez.

–Las noticias vuelan en nuestra familia –respondió de forma lacónica.

–Pero yo no soy exactamente de tu familia, Gerd. La única conexión que tenemos es que la primera esposa de mi padre era prima tuya... e incluso así, era una prima lejana –le recordó–. Todo el mundo se empeña en considerarme una Crysander Gillan, pero no soy más que una Matthews del montón.

–Tonterías –dijo él, sonriendo–. Tú nunca has sido

del montón. Además, tu hermanastro no sólo es amigo mío, sino también familiar. Y si no hubieras recibido la invitación para asistir a la ceremonia, Alex me habría dicho dónde encontrarte.

El comentario del príncipe le dolió. Rosie pensaba que sólo la había invitado por su sentido de la responsabilidad, porque se creía obligado a ello; pero se tragó el dolor y lanzó una mirada a su hermanastro, a quien apenas conocía.

En ese momento, Gerd apretó el brazo alrededor de su cintura y Rosie lo olvidó todo salvo el contacto de sus cuerpos.

Se excitó tanto que tuvo que respirar hondo; pero el remedio fue peor que la enfermedad, porque al tomar aire, notó el aroma de Gerd. Era una especie de afrodisíaco, cargado de masculinidad pura.

Ahora estaba completamente excitada, dominada por una pasión que no sería correspondida ni satisfecha.

–Tú conoces a Alex mejor que yo –dijo, intentando recobrar el control de sus emociones–. Como ya sabes, mi madre lo metió en un internado antes de que yo naciera, y nunca tuvimos ocasión de conocernos a fondo.

–Me ha contado que no encuentras trabajo...

Rosie lo miró a los ojos.

–Me asombras, Gerd. Para vivir al otro lado del mundo, estás muy bien informado... Sí, es cierto. Acabo de salir de la universidad y el mercado laboral está saturado de jóvenes como yo, sin experiencia. Pero ya encontraré algo.

–Alex podría meterte en su empresa, ¿no?

–Quiero conseguir un empleo por méritos propios –afirmó, tensa.

–Me halaga que permitieras que Alex te pagara el viaje a Carathia. Según me ha dicho, te resistías tanto que casi tuvo que obligarte.

Su hermanastro le había hecho el ofrecimiento el mismo día en que recibió la invitación. Y cuando Rosie alegó que no tenía dinero y que no se podía permitir ese gasto, Alex arqueó una ceja y dijo:

–Considéralo tu regalo de Navidad.

Rosie soltó una carcajada y se negó; pero días después, la secretaria de Alex la llamó por teléfono, le preguntó si tenía pasaporte y le dio las instrucciones necesarias para llegar al jet privado de su hermanastro, que estaba en el aeropuerto de Auckland.

Además, su madre también se sumó a la presión. Tenía esperanza de que conociera a un hombre rico y famoso en Carathia y olvidara su última idea, encontrar un trabajo en alguna floristería de la ciudad.

–Ya puestos, ¿por qué no te haces peluquera? –ironizó Eva Matthews–. Me pareció bastante absurdo que estudiaras comercio en la universidad, pero ser florista... es el colmo, Rosie. ¿A qué viene eso? Todo el mundo dice que eres una mujer muy inteligente; y sin embargo no haces nada, absolutamente nada, con tu inteligencia. Fuiste una decepción constante para tu padre... ¿qué habría pensado si se hubiera enterado de esto?

Rosie se encogió de hombros.

–No lo sé. Pero quiero hacerlo y lo voy a hacer –respondió con firmeza.

Su madre se había encargado de pagarle los estudios durante su infancia, que pasó en internados de lujo. Más tarde, su padre le pagó los estudios en la universidad, aunque se llevó una decepción al saber que quería estudiar comercio y contabilidad en lugar de dedicar su talento a algo más interesante desde un punto de vista intelectual y más acorde a la hija de un arqueólogo tan famoso.

Pero ni él ni ella sospechaban que el verdadero sueño de Rosie consistía en trabajar con flores. Sus estudios universitarios sólo eran una parte del plan, que completaba durante las vacaciones con un trabajo en una floristería que le dio la ocasión de acumular experiencia y desarrollar sus virtudes como diseñadora.

Lamentablemente, la floristería había cerrado poco antes de que Rosie terminara la carrera. La única opción que tenía era abrir su propio negocio, pero estaban en plena crisis económica y habría sido un desastre. Además, no disponía del capital necesario.

Desesperada, habló con Kelt y le comentó la situación. El hermano de Gerd le aconsejó que encontrara un empleo, ahorrara lo que pudiera y esperara hasta el final de la crisis. Y fue un buen consejo.

Rosie giró la cabeza y miró a Kelt, que seguía bailando con Hani.

Hacían una pareja perfecta. Tan perfecta, para su desgracia, como la que formaban Gerd y la princesa Serina.

—Hani parece muy feliz —comentó Gerd.

—Sí, es evidente que sí. ¿Quién no lo sería, estando casada con Kelt?

Rosie adoraba a Kelt; a diferencia de tantos, no la consideraba una descerebrada ni la trataba como si fuera tonta. La conocía muy bien, porque había crecido con ella y la quería como si fuera su hermano, pero su matrimonio con Hani había roto parte de la complicidad que compartían. A fin de cuentas, ahora tenía otras lealtades, otras responsabilidades. Y Rosie le echaba de menos.

–Bueno, ¿y qué vas a hacer? –preguntó Gerd.

–¿Te refieres al trabajo? Mirar por ahí y ver lo que puedo encontrar –dijo Rosie con levedad, restándole importancia al asunto–. ¿Y tú? ¿Qué vas a hacer ahora que te han puesto al frente de Carathia? ¿Vas a hacer cambios en el país?

–Sí, algunos, pero poco a poco –respondió él, algo sorprendido–. No sabía que te interesara la política del país...

Rosie lo miró a los ojos y sonrió.

–Por supuesto que me interesa. Estar relacionada con el hombre que iba a dirigir el destino de Carathia me dio un prestigio enorme en la facultad... De hecho, lo aproveché constantemente para abrirme camino.

Gerd la apartó un poco y la miró con detenimiento. Rosie sostuvo la mirada de aquellos ojos de color ámbar, intensos y fríos como los de una rapaz.

–No te creo, Rosemary. No creo que abusaras de nuestra relación familiar –dijo–. Por cierto, ¿por qué decidiste estudiar contabilidad?

Rosie podría haber sido sincera, pero no quería confesarle que sentía verdadera pasión por las flores.

–Porque me pareció lo más sensato. Seguro que sabes que mi padre no tenía talento con el dinero y que se lo gastaba todo en sus expediciones; en cuanto a mi madre, es casi peor... Decidí evitarme esos problemas y conocer bien el mundo de las finanzas.

–¿En serio? –preguntó Gerd con ironía e incredulidad–. ¿O sólo lo hiciste para molestar a tus padres?

Ella sacudió la cabeza.

–No lo hice para molestar a mis padres. Quería salir de la universidad con algo concreto, con una profesión que me fuera útil.

En realidad, Rosie no había elegido esa carrera porque fuera útil, sino porque buscaba algo que cambiara su imagen. Estaba harta de que la gente la mirara y pensara que era una coqueta sin cerebro.

–Y no me arrepiento en absoluto –añadió.

Gerd la miró con escepticismo y la apretó un poco más contra su cuerpo para pasar por una zona con exceso de bailarines.

Rosie siguió sus pasos y se resistió a la tentación de relajarse contra su pecho.

–Antes me has preguntado por mis intenciones políticas con Carathia –declaró él, de repente–. Hay lugares donde la gente es muy reacia a los cambios, de modo que tendré que tomármelo con calma; pero pretendo ampliar y mejorar el sistema educativo, particularmente en las zonas de montaña.

–¿El sistema educativo? ¿Por qué no el sistema sanitario?

Gerd se encogió de hombros.

–Porque los asuntos sanitarios siguen siendo cosa de mi abuela. Además, el sistema de salud está bastante bien, aunque la superstición sigue rampando en las montañas y hay gente que prefiere acudir a un curandero antes que a un médico... sólo se presentan en los hospitales cuando están a punto de morir y ya no se puede hacer nada.

Rosie asintió.

–Eso es verdad. Y como han asociado los hospitales a la muerte, tienen otro motivo para no acercarse a ellos –declaró.

–En efecto.

–Ahora lo entiendo... Crees que cambiarán de actitud si mejoras su nivel educativo.

–Ten en cuenta que la vida en las montañas es muy difícil. A veces viven aislados, en lugares remotos donde sólo hay escuelas de educación primaria; cuando los niños tienen que seguir con sus estudios, no tienen más remedio que viajar a localidades más grandes o dejar el colegio –explicó–. Pues bien, voy a llevar la educación secundaria a todos los pueblos. Así, los niños mejorarán sus conocimientos sobre la ciencia y sobre el mundo en general.

–Parece bastante lógico –dijo ella–. ¿A qué edad suelen dejar los estudios?

–De media, a los trece años. Demasiado pronto... pero los padres dicen que necesitan que los ayuden en las granjas. Si queremos mejorar el sistema educativo, tendremos que afrontar ese problema.

Ella asintió de nuevo y clavó sus ojos azules en él.

–Pero, ¿cómo te las vas a arreglar para llevar un instituto a cada pueblo? Porque supongo que es lo que pretendes...

Gerd se lo explicó. Le parecía irónico que estuviera hablando de política con la jovencita entusiasta y precoz que tres años antes lo había desarmado con la pasión de sus besos y con su propia respuesta ante ellos.

Aquel verano había sido todo un descubrimiento para él. Tras el rostro sexy y alegre de Rosemary se escondía una mente inteligente y rápida que le gustaba profundamente. Pero cuando se besaron, se dio cuenta de que era demasiado joven e inocente y que no podía hacer lo que deseaba: llevarla a la cama más cercana y hacerle el amor.

Gerd pensó que había hecho bien al rechazarla. Sobre todo, porque a la mañana siguiente la vio besando a Kelt y llegó a la conclusión de que lo había utilizado como sustituto del hombre al que verdaderamente deseaba.

Se preguntó si todavía estaría enamorada de Kelt. Por la forma en que lo miraba en ese momento, mientras él bailaba con Hani, supuso que sí.

Pero no le extrañaba en absoluto.

A fin de cuentas, Kelt siempre había estado a su lado. Cuidaba de ella cuando su padre se marchaba en busca de civilizaciones antiguas y cuidaba de ella cuando su madre se marchaba con algún amante, lo cual hacía con frecuencia. Eva Matthews, una mujer preciosa, estaba tan obsesionada con la búsqueda del amor perfecto que se dedicaba a malgastar su vida. Y a juzgar por el comportamiento social de Rosie, su hija parecía decidida a seguir sus pasos.

Tal vez lo hacía porque quería tener una seguridad emocional de la que nunca había disfrutado. O tal vez, simplemente, porque le gustaba meterse en líos.

En cualquier caso, ya no era una jovencita inocente y sin experiencia, sino una mujer bella, de rizos ámbar y curvas extremadamente pronunciadas.

Aquella noche había elegido un vestido ajustado que enfatizaba su silueta. Y como era la única invitada que no llevaba ninguna joya, ni un simple anillo, resaltaba todavía más.

En ese momento, uno de sus mechones se enganchó en la solapa de la chaqueta de Gerd. Rosie lo soltó rápidamente y dijo:

–Lo siento mucho. Tengo el pelo tan rizado que es indomable.

–Sí, ya lo veo.

Gerd pensó que su voz había sonado demasiado ronca y se sintió incómodo. Aunque intentaba disimularlo, la deseaba con todas sus fuerzas.

–Llegué a alisarme el pelo –explicó ella–, pero me quedaba tan liso, tan carente de gracia, que no me gustó. Así que al final, me he rendido.

Gerd se la imaginó desnuda en una cama, con su cabello anaranjado contra unas sábanas blancas.

Se preguntó si sería tan apasionada como parecía, si resultaría tan provocadora y tan sensual con sus amantes. Y la respuesta le pareció evidente.

Ahora tenía veintiún años; ahora tenía experiencia. Ya no estaba obligado a contenerse con ella.

Capítulo 2

DIGAS lo que digas de tu pelo, es muy bonito. Y estoy seguro de que lo sabes.

Rosie pensó que debía sentirse halagada; además del cumplido, Gerd había cambiado de actitud con ella y la trataba como a la mujer adulta que era. Pero bailar con él había sido un error; en cuanto sintió el contacto de su cuerpo, volvió a dejarse llevar por las ensoñaciones de tres años antes.

Era como estar encerrada con un tigre. Su pulso se había acelerado y no podía apartar la vista de aquellos rasgos fuertes, como esculpidos en piedra, intimidantes y profundamente eróticos a la vez.

Ahora entendía que siempre se sintiera atraída por hombres de perfiles aguileños y con un pequeño hoyuelo en la barbilla.

Intentó mantener el aplomo y dijo:

–Sí, bueno, prueba a vivir con una melena de rizos rojos y verás lo que piensan de ti... nadie te tomará en serio. Pero nunca tendrás ese problema. Tú naciste con aspecto de rey.

Gerd sonrió con humor.

–No soy un rey, Rosemary. Y por cierto, sólo intentaba hacerte un cumplido...

–Pues tendrás que hacerlo mejor.

Él entrecerró los ojos. Durante un instante, había creído notar una tensión extraña entre ellos, una tensión tan sensual que lo dejó sin aire. Pero la música se detuvo en ese momento y rompió el hechizo.

Gerd le ofreció el brazo y ella lo aceptó. Después, la llevó hacia el lugar donde esperaban Kelt, Hani y Alex.

Ya casi habían llegado cuando él dijo:

–Gracias por venir a la ceremonia, Rosemary.

–No me la habría perdido por nada del mundo –dijo ella, sonriendo–. Ha sido una semana increíble. Y la ceremonia de coronación... casi no tengo palabras para describirla. Me ha parecido impresionante.

–Me alegra que te haya gustado –comentó él, con tono neutro–. Tengo entendido que te marchas pasado mañana...

–Así es.

Rosie quiso preguntar si pensaba hacer algo al día siguiente, pero se contuvo. Supuso que tendría planes más interesantes que acompañar a una don nadie de Nueva Zelanda. Por ejemplo, besarse con la princesa Serina.

Gerd se quedó un rato con el grupo, charlando de cosas intranscendentes, hasta que por fin se marchó y Rosie pudo volver a respirar.

Estaba tan alterada que sólo quería subir a su habitación y esconderse.

Pero ya no quedaba mucho. Si organizaba bien su vida, no tendría que volver a intercambiar una mirada o una palabra con Gerd. Y cuando recibiera las invitaciones para la boda, encontraría una buena excusa para no asistir.

Haría cualquier cosa con tal de ahorrarse ese dolor;

hasta romperse una pierna ella misma, si era necesario.

El resto de la velada transcurrió como hasta entonces. Rosie intentaba no pensar en Gerd y se dedicó a charlar, reír, bailar y coquetear con varios invitados. A medianoche ya había recobrado el control de sus emociones y empezó a pensar en la cama acogedora que la esperaba en su habitación del palacio.

Sin embargo, cuando el baile ya había terminado, Alex le dijo:

–Gerd nos ha pedido que subamos a su suite a tomar una copa. Sólo para la familia.

–Qué amable...

Rosie no tuvo más remedio que aceptar, y se sintió enormemente aliviada cuando comprobó que la princesa Serina no estaba presente.

Un camarero se acercó y le ofreció una copa de champán, pero ella la rechazó y le pidió un vaso de agua mineral. Después, empezó a pasear por la suite y se detuvo frente a un cuadro grande que ocupaba un lugar de honor en la pared.

–Es nuestro abuelo neozelandés –dijo Gerd a sus espaldas.

–Era un hombre muy atractivo. Pero se parece más a Kelt que a ti.

–¿Insinúas que yo no soy atractivo?

Rosie se ruborizó levemente, pero no perdió la compostura.

–Vaya, parece que las mujeres no son las únicas que necesitan que halaguen constantemente su ego...

Gerd rió y dijo:

–No rehuyas la pregunta.

–Sólo iba a decir que Kelt tiene el mismo aspecto escandinavo de tu abuelo, y que tú te pareces más a tus ancestros mediterráneos.

–Bueno, ya sabes que los Crysander-Gillan estamos muy mezclados. El fundador de nuestra casa fue un escandinavo que llegó a estas tierras con un grupo de vikingos, en algún momento del siglo X. Se quedaron aquí y se relacionaron con princesas de toda Europa.

Rosie pensó que para encontrar a la princesa Serina no había tenido que ir muy lejos. Al fin y al cabo, su familia vivía en la Riviera francesa.

–Me gusta ese retrato. Tu abuelo parece... un hombre absolutamente digno de confianza, aunque también peligroso.

Gerd sonrió y dijo una frase en el idioma de Carathia. Rosie no la entendió, de modo que tuvo que explicárselo.

–En Carathia tenemos un dicho... «Un hombre debe ser un tigre en la cama, un león en la batalla y astuto y listo como un zorro en la política.» Los ciudadanos de mi país opinan que mi abuelo supo estar a la altura en los tres casos.

Rosie no apartó la mirada del cuadro.

–¿Cómo es posible que un dicho de Carathia tenga leones y tigres? –preguntó ella.

–Recuerda que en el sur de Europa llegó a haber leones... y en cuanto a los tigres, su existencia se conocía perfectamente. No en vano, el propio Alejandro el Grande llegó hasta la India...

–¿Carathia formó parte de la Grecia clásica?

–No, aunque su formación como estado se debe a un grupo de soldados griegos que perdieron una batalla mil años antes de nuestra era y terminaron aquí. Al parecer, encontraron el valle y ayudaron a las tribus locales a defenderse contra un invasor que pretendía controlar los pasos de montaña. Como recompensa, les ofrecieron mujeres de la zona.

–Espero que las mujeres estuvieran de acuerdo...

–Quién sabe –ironizó.

El corazón de Rosie pegó un respingo. Si aquellos soldados griegos habían sido tan guapos como Gerd, estaba segura de que las mujeres de la antigua Carathia habrían estado encantadas de compartir sus lechos.

–Con el paso del tiempo –continuó él–, mis antepasados lograron el control de la zona costera y de las islas cercanas.

–¿Cómo? –preguntó ella, intrigada por la historia local.

–Normalmente, por la fuerza de las armas. Y a veces, mediante matrimonios de conveniencia –respondió.

Rosie lo miró un momento y preguntó:

–Por curiosidad... ¿cuántos idiomas hablas?

–Kelt y yo nos educamos con el inglés y la lengua de Carathia como idiomas maternos. Pero aprendimos un par más por el camino.

–Estoy muy impresionada con la gente de este lugar. Cambian de idioma como quien se cambia de camisa, sin esfuerzo aparente... en comparación con ellos, me siento como una provinciana sin cultura –le confesó.

Gerd volvió a sonreír.

–Los idiomas se pueden aprender, Rosemary. Además, tú hablas un idioma que todo el mundo entiende.

Rosie se sobresaltó.

–¿Qué has querido decir con eso?

–Que tu sonrisa habla el idioma más importante de todos, el idioma del corazón.

Rosie se ruborizó otra vez, a su pesar.

–Es un cumplido precioso... No creo que lo hayas dicho en serio, pero te lo agradezco de todas formas.

Gerd arqueó las cejas.

–¿Te he incomodado? ¿Por qué? –preguntó él, sinceramente sorprendido–. Seguro que los hombres habrán halagado tu sonrisa muchas veces...

Ella sacudió la cabeza.

–No, me temo que no.

Por suerte para la salud emocional de Rosie, un criado se acercó en ese momento a Gerd y le susurró algo al oído, interrumpiendo su conversación.

Gerd asintió y el criado se alejó hacia los balcones. Una vez allí, abrió las cortinas y todos los presentes se acercaron a disfrutar del espectáculo de fuegos artificiales que empezaba en ese momento.

Naturalmente, Rosie no fue una excepción.

–A los habitantes de Carathia les encantan los fuegos artificiales –explicó Gerd mientras abría un balcón–. Ven, Rosemary... sal a verlos conmigo.

Rosie se detuvo a su lado, encantada.

Los balcones de la suite del príncipe daban a las murallas de la ciudad y al valle, atrapado entre montañas cuyas cumbres se fundían con la oscuridad del cielo, cuajado de estrellas.

Pero las estrellas se apagaron de repente cuando la siguiente tanda de fuegos artificiales dibujó en el firmamento la corona de Carathia. Rosie se quedó anonadada con el espectáculo, que finalizó con el emblema del país, un león rampante, y con una flor enorme y blanca.

–Es la flor nacional de Carathia –explicó Gerd–. Nace en la nieve, y para la gente simboliza el valor y la fuerza de los habitantes de mi país.

Rosie estaba tan emocionada con los fuegos que olvidó su ironía habitual y declaró, con sinceridad absoluta:

–Supongo que habrán necesitado ese simbolismo muchas veces, en el pasado...

–Sí, desde luego que sí.

Gerd la miró a los ojos. Rosie se estremeció sin poder evitarlo y volvió a mirar la flor blanca, que se deshizo contra el cielo nocturno.

–¿Tienes frío? –preguntó él.

–No, no... –respondió, sonriendo–. Es que todo esto es impresionante. Tu país es un lugar maravilloso.

–Me alegra que te guste...

Rosie pensó que las palabras de Gerd eran convencionalismo puro, que no pretendía insinuar nada con ellas. Intentó recobrar el aplomo, pero un momento después se oyó una canción lejana, interpretada con lo que parecía ser una corneta o una trompeta, y le pareció tan hermosa que se estremeció otra vez.

–Es una canción tradicional –dijo Gerd–. Es la historia de un amor perdido.

Los ojos de Rosie se llenaron de lágrimas. Tuvo que tragar saliva y hacer un esfuerzo para recobrar el control.

–Casi todas las historias versan de amores perdidos –observó–. La literatura y la música están llenas de corazones rotos.

La canción terminó enseguida. Se hizo un silencio breve y a continuación se oyeron vítores y silbidos por todas partes.

Media hora después, Rosie estaba de vuelta en su habitación, admirando la decoración del lugar y pensando en los días que había pasado en Carathia.

Ver a Gerd entre los suyos, más refinado y formidable que nunca, la había convencido de que entre ellos había una brecha imposible de salvar. Cuando estaban en Nueva Zelanda, su posición social no le había parecido tan importante; pero allí, adquiría una dimensión tan profunda que le parecía un personaje inalcanzable.

No tenía más remedio que olvidarlo. No podía malgastar su vida con la ensoñación de un hombre que nunca sería suyo.

Se quitó el vestido, se puso un pijama y se metió en la cama. Tenía la costumbre de leer un rato antes de dormir, pero aquella noche no encontró solaz alguno en la lectura, de modo que apagó la lamparita.

Una hora más tarde, seguía despierta.

Cansada de dar vueltas, se levantó, se acercó al balcón, apartó la cortina y contempló la ciudad. La iluminación ya no era tan intensa como antes, pero los ciudadanos de Carathia seguían celebrando la coronación de su príncipe.

Se sintió más sola que nunca. Gerd, Kelt y Hani pertenecían a aquel lugar; hasta el propio Alex, que no tenía sangre real, se sentía como un pez en el agua en aquel mundo de glamour y poder. Pero Rosie Matthews, la desempleada de Nueva Zelanda, no.

Incluso la luna le pareció diferente a la que veía en su país.

–Bueno, ¿y qué? ¿Qué importa? –se dijo en voz alta–. Deja de sentir lástima de ti misma y descansa un poco.

Al final se quedó dormida. Y debió de dormir unas cuantas horas, porque tuvo un sueño tan erótico e intenso que todavía sentía el eco en su cuerpo cuando se levantó y se miró en el espejo del dormitorio.

Al de cabo de un rato, cuando ya le habían subido el desayuno, apareció Hani.

–¿Qué te ocurre? Tienes mal aspecto...

–No es nada –respondió Rosie–. Anoche estaba tan emocionada con la ceremonia y la fiesta que no dormí bien.

–A mí me lo vas a decir... –ironizó Hani, con resignación de madre–. Pero el día resultó maravilloso, ¿no te parece?

–El día y toda la semana –puntualizó–. Ha sido como vivir en la Edad Media, pero con cuartos de baño y electricidad.

Hani soltó una carcajada, pero no se dejó engañar. La conocía demasiado bien.

–Hablas como si ardieras en deseos de volver a casa... –comentó.

–Y es verdad. Pero nunca me olvidaré de Carathia.

–Yo también tengo ganas de volver a Nueva Zelanda. Sin embargo, Kelt tiene que ir a Londres por una reunión de la empresa de Alex, así que antes pasaremos por Inglaterra –explicó con una sonrisa–. Tengo curiosidad por ver a nuestro pequeño Rafi en una ciudad tan grande como Londres...

Aquella mañana, tras deambular un rato por el palacio, Rosie se encontró con Gerd. Y como siempre, intentó aparentar naturalidad.

–Tengo entendido que antes de desayunar has estado practicando la esgrima con Alex... Dice que lo has matado –bromeó.

Gerd la miró con humor y dijo:

–Pues para ser un hombre muerto, tenía un aspecto bastante saludable la última vez que lo vi.

–Saludable y en muy buena forma. Ni siquiera sabía que fuera esgrimista.

–Creo que aprendió en la universidad. Es bastante bueno –afirmó–. ¿Qué vas a hacer hoy? Me han dicho que querías visitar el museo de Carathia.

Rosie asintió.

–Sí, tenía intención de ir al museo y dar una vuelta después por las tiendas de la zona.

–Me parece perfecto, pero no pierdas de vista a tu guía. El centro de la ciudad es un laberinto y hay pocas personas que hablen inglés. Si te pierdes, tendríamos que organizar una partida para encontrarte.

Gerd le dedicó una sonrisa tan agradable que Rosie se estremeció por dentro.

–Te acompañaría yo mismo –continuó–, pero voy a estar muy ocupado. Tengo una reunión con el primer ministro y debo despedir a los invitados de la coronación.

–Lo siento por ti. Yo pienso aprovechar el día al máximo.

Rosie lo dijo por despecho, porque pensaba que la princesa Serina estaría entre los compromisos de Gerd, pero al final se divirtió mucho. De hecho, descubrió que la flor nacional de Carathia era un ranúnculo, un tipo de flor que también era muy abundante en Nueva Zelanda.

El centro de la ciudad estaba lleno de centros comerciales y boutiques. Su guía, una mujer encantadora de treinta y tantos años que conocía Carathia como la palma de su mano, intentó animarla a comprar. Pero Rosie se resistió en todos los casos; incluso cuando le ofrecieron un pañuelo de seda hecho a mano y especialmente bonito.

–Le queda muy bien –dijo la dependienta–. Va perfecto con el color de su piel... tiene la claridad suave de una primavera.

–Es precioso –admitió Rosie–. Y además, increíblemente barato para ser tan bueno... pero me temo que mi presupuesto es bastante escaso.

Rosie debió de ser muy convincente, porque la dependienta asintió y se llevó el pañuelo sin intentar insistir.

Cuando volvió al palacio, descubrió que Gerd le había dejado una nota. Fue toda una sorpresa para ella, porque Gerd no le había escrito una nota en toda su vida y también era la primera vez que tenía ocasión de ver su letra, tan clara y llena de carácter como cabía esperar.

El príncipe le deseaba que pasara un buen día y le pedía que cenara con él en un restaurante que conocían pocas personas, para no verse asediados por la nube de fotógrafos que le seguían a todas partes.

Por supuesto, Rosie pensó que no estarían solos y se dijo que debía rechazar la oferta. Pero al final, se dejó caer en la tentación. Cenar con Gerd en un restaurante, entre el resto de los clientes y probablemente con algún invitado más, no podía ser muy peligroso.

Llamó a uno de los criados y le dio la respuesta para el príncipe.

Después, se preguntó qué debía ponerse para la cena.

Pero intentó no darle demasiadas vueltas. Al fin y al cabo, las posibilidades de que la velada derivara hacia una situación romántica eran prácticamente nulas. Gerd se iba a casar con la princesa Serina o con alguien como ella; con una mujer adecuada para su status social.

Al final se decidió por un vestido azul, del mismo color de sus ojos. Lo había acortado un poco y sería la segunda vez que se lo pusiera durante su estancia en Carathia, pero eso carecía de importancia. Ella no era como la princesa Serina, que seguramente se cambiaba de ropa varias veces al día.

Antes de salir, se miró una vez más en el espejo y asintió. El escote era razonablemente discreto y la tela no se pegaba demasiado a sus curvas.

Sin embargo, eso no la tranquilizó. Podía engañar a los demás, pero no se podía engañar a sí misma; había aceptado salir a cenar con Gerd porque en el fondo de su corazón aún albergaba la esperanza de ganarse su amor.

Desesperada, se dijo en voz alta:

—No, nada de eso. Tienes que convencerte de que ese sueño no te llevará a ningún lado; es una pérdida de tiempo y de esfuerzo. Tienes veintiún años y eres una mujer libre. No puedes seguir creyendo en cuentos de hadas.

Capítulo 3

ROSIE se alejó del espejo, alcanzó un bolso azul, pequeño, y salió del dormitorio.

Su aplomo se esfumó en cuanto vio a Gerd.

Para entonces ya llevaba una semana en Carathia y debería haberse acostumbrado a verlo con los trajes tan elegantes que se ponía. Pero no se había acostumbrado. Y su visión la afectó tanto que tuvo que esforzarse para tomar aire y no soltar un suspiro como si fuera una quinceañera encaprichada.

–Kelt, Alex y tú sois tres hombres extraordinarios. Todos estáis magníficos en cualquier momento del día –dijo, sacando fuerzas de flaqueza–. Pero cuando os ponéis un traje... entonces es como si concentrarais toda la masculinidad del mundo en vosotros. ¿No has considerado la posibilidad de trabajar de modelo?

–No –dijo Gerd, sin más.

Rosie rió.

–Pues Alex, sí.

–No me extraña en absoluto –dijo Gerd con media sonrisa–. Pero tú no eres quien para decir esas cosas, Rosemary. Si crees que nosotros imponemos, mírate en un espejo... resplandeces tanto que los hombres deberían ponerse gafas de sol para mirarte.

Rosie se quedó atónita. Pero lo miró a los ojos y

encontró un brillo leve de humor; el justo para que su voz sonara con cierta ironía cuando respondió al cumplido.

–Gracias, Gerd. Pero no soy yo quien resplandece, sino mi vestido –puntualizó–. Es un regalo de Hani.

–Tonterías. Siempre has sido tú. Hani suele decir que tienes una luz interior –afirmó él, con voz ronca.

Las palabras de Gerd la desconcertaron. Tanto por su significado, como por el tono.

–¿Luz interior? Bueno, no he notado que brille en la oscuridad, luego supongo que no corro peligro.

Gerd la miró con ojos entrecerrados.

–Puede que tú no corras peligro, pero ¿qué me dices de los que te rodean?

–No creo que tengas motivos para preocuparte. Hani y Kelt me han dejado jugar con su hijo y no le ha pasado nada.

Rosie se llevó una decepción cuando Gerd interrumpió la conversación para echar un vistazo al reloj.

–Será mejor que nos marchemos –dijo–. Una de las desventajas de la vida en palacio es que siempre tengo horarios para todo.

–¿Incluso en tus días libres? –preguntó ella.

–No tengo días libres.

Un coche los estaba esperando frente a una de las salidas laterales del palacio, en un lugar discreto. En la parte delantera viajaban dos hombres; uno de ellos, de uniforme.

Rosie se sentó en el asiento trasero y Gerd se acomodó a su lado.

–No sé si yo podría soportar un ritmo de vida como el tuyo –le confesó.

Gerd se puso en cinturón de seguridad y dijo:

–En mi caso es diferente. Me educaron para ello y siempre supe lo que iba a pasar. Los paparazzi me sacaban de quicio cuando era joven, pero también me he acostumbrado a su presencia.

Rosie se preguntó si asumir aquella especie de actitud resignada le habría resultado tan fácil como decía; pero en ese momento, miró a uno de los hombres de delante y vio algo que le llamó la atención.

–Gerd, uno de tus hombres no se ha puesto el cinturón de seguridad.

El príncipe frunció el ceño.

–Claro. Es guardaespaldas.

–Ah... ¿es que los guardaespaldas no se ponen el cinturón cuando suben a un coche? –preguntó, sintiéndose algo estúpida.

–No. Tienen que estar preparados para reaccionar de inmediato si ocurre algo.

Rosie se asustó al pensar que la vida de Gerd podía estar en peligro.

–No imaginaba que necesitaras guardaespaldas en Carathia...

–Me temo que los necesito en todas partes.

–Pero la situación se ha calmado, ¿verdad?

–Oh, sí. Sí, por supuesto –respondió con tranquilidad.

Sin embargo, Gerd no las tenía todas consigo. Aquella misma mañana, el primer ministro le había dado una información inquietante; al parecer, la policía había descubierto que los cabecillas de las revueltas recibían financiación de una empresa llamada Mega-Corp, que pretendía desestabilizar Carathia para quedarse con sus minas de *caratita*.

Gerd confiaba plenamente en el primer ministro, un hombre de las montañas que conocía bien el país y a sus ciudadanos. Por eso, cuando le dijo que la gente estaba contenta con él y que MegaCorp no lograría salirse con la suya, lo creyó. Pero el político añadió algo que le dio que pensar:

—Con todos los respetos, señor, necesitáis una esposa. Si anunciáis vuestro compromiso, os casáis y tenéis un descendiente pronto, anularéis definitivamente cualquier posibilidad de revuelta. Y cuando presentéis el proyecto para mejorar el sistema educativo, os ganaréis la confianza de las gentes de las montañas, que son las más peligrosas.

—Bueno, al menos ya no tenemos que preocuparnos por el asunto de MegaCorp —dijo Gerd con gravedad.

Ahora, mientras contemplaba a la mujer preciosa y absolutamente deseable que viajaba en el coche con él, reconoció un brillo de amor en sus ojos azules. Desapareció tan deprisa que casi creyó que lo había imaginado, pero era real.

Sin embargo, Gerd pensaba que el objeto de los desvelos de Rosie era Kelt. Y le parecía una locura, una forma tan absurda de malgastar su vida que se preguntó si podía hacer algo por ayudarla.

—¿Estás seguro de que la situación se ha estabilizado definitivamente? —preguntó ella, retomando su conversación anterior—. Pensaba que...

—Estoy completamente seguro. Se ha sabido que la revuelta estaba financiada por una empresa que quería quedarse con nuestras minas, y ningún ciudadano de Carathia se prestaría a algo así —explicó.

Rosie sabía que la riqueza de Carathia dependía de sus minas, de modo que asintió.

–¿Qué les pasará a los cabecillas de la revuelta?

Gerd apartó la mirada. Rosie aprovechó la ocasión para admirar su perfil y volvió a sentir una punzada de deseo.

–Ya no están en posición de causar problemas –respondió.

Rosie pensó que aquél no era el Gerd que conocía. En sus palabras había un fondo inmisericorde, duro, que la asustó.

Pero un segundo después, cuando la miró de nuevo, volvió a ser el de siempre.

–Sinceramente, me cuesta imaginarte como contable.

–¿Por qué?

–Porque de niña te encantaban las flores. Siempre supuse que querrías ser paisajista, florista o algo parecido.

Rosie lo miró con asombro.

–Me sorprende que lo recuerdes...

–¿Cómo lo iba a olvidar? Te pasabas la vida arrancando flores y montando ramos –ironizó.

–Me hice mayor y dejé de hacer esas cosas. Bueno, al menos dejé de arrancar las flores de los jardines ajenos... –dijo con humor–. Pero te confesaré que quiero abrir una floristería en cuanto surja la ocasión.

–¿No necesitarías experiencia para eso?

Rosie le resumió la experiencia que tenía y añadió:

–Soy perfectamente capaz de dirigir un negocio. Poseo los conocimientos económicos necesarios y sé cómo funciona el sector... Mi amiga me dejaba llevar la tienda cuando podía; yo la ayudaba con las bodas, con los arreglos para fiestas privadas, con todo. Sé que puedo conseguirlo.

–¿Y de dónde vas a sacar el dinero?

Rosie tardó unos momentos en contestar.

–Ya me las arreglaré.

–Podrías pedírselo a Alex...

–No, no quiero pedírselo a Alex. Y antes de que me lo propongas, tampoco voy a acudir a Kelt –afirmó.

–Sospecho que a tu madre no le hará ninguna gracia.

–Ya se acostumbrará.

–Nunca has tenido suerte con tus padres, ¿verdad? Tu padre ni siquiera vive en el mundo real.

–No, no he tenido mucha suerte, pero ¿quién la ha tenido? Tus padres fallecieron pronto, la madre de Alex murió y en cuanto a los míos... bueno, ni siquiera querían tener hijos. Pero teniendo en cuenta las circunstancias, no hemos salido tan mal. Puede que la necesidad de una infancia feliz sea un mito. Como el del amor.

–¿Lo dices en serio? ¿Después de haber visto a Kelt y a Hani?

–No, supongo que no lo digo en serio. Son la pareja perfecta.

–Y tú buscas algo parecido, claro...

–Como todos.

Rosie quiso preguntar si él también estaba buscando el amor, y si creía haberlo encontrado en la princesa Serina. Pero en ese momento, el coche giró en una calle estrecha y se detuvo ante la entrada de un edificio antiguo.

–Ya hemos llegado –dijo él.

El portero del local se acercó rápidamente y les abrió la portezuela mientras el guardaespaldas montaba guardia.

Todo se hizo con rapidez y discreción. Pero Rosie sintió un escalofrío. Gerd vivía en un mundo que casi no le dejaba libertad. Aunque por otra parte, podía permitirse el lujo de cenar el locales tan caros como aquél.

Gerd debió de adivinarle el pensamiento, porque dijo:

–Estamos en el barrio más elegante de la ciudad. De hecho, la casa de al lado es la mansión de los duques de Vamili.

Rosie frunció el ceño.

–¿Los duques de Vamili? ¿No es el título nobiliario de Kelt?

–Sí. Ahora es el título que se concede al siguiente en la línea de sucesión después del primogénito, que soy yo; pero antes era el título del segundo hombre en importancia del Gran Ducado... Hace dos siglos, el duque de Vamili dirigió una revuelta y fue condenado a muerte por su traición. Como sólo tenía una hija y estaba casada con el segundo hijo del gran duque de la época, el título pasó a mi familia.

–Pobre mujer. Seguro que su matrimonio no fue precisamente feliz...

Gerd sonrió brevemente.

–Por lo visto, lo fue. Ten en cuenta que mi antepasado era un hombre muy importante, y que la mayoría de las mujeres de entonces no podían aspirar a maridos tan poderosos como él.

–A diferencia de las mujeres modernas, que tienen la audacia de pretender ser felices –ironizó Rosie.

El príncipe arqueó una ceja.

–Sí, aunque algunas creen que la felicidad llega sola, sin hacer ningún esfuerzo.

Rosie pensó que tenía razón. Su propia madre era un ejemplo viviente.

Entraron en el edificio y pasaron al interior de una sala con una terraza que daba al valle de Carathia. Era tan bonita que Rosie suspiró y pasó una mano por la balaustrada, que seguía caliente a pesar de que estaba anocheciendo.

–Esto es precioso...

El crepúsculo se extendía poco a poco por el valle, pero aún se veían destellos de luz.

–Sé que Carathia es mucho más que este valle –continuó Rosie–, pero aunque sólo fuera esto, sería un lugar excepcional.

–Uno de mis antepasados dijo que Carathia era un paraíso en las montañas. Pero es verdad, es mucho más que este valle. De hecho, nuestro país no sería tan próspero sin la zona de la costa... nos proporciona un acceso al resto del mundo y nos ha convertido en un destino turístico muy popular. Además, también están las tierras agrícolas del norte y, por supuesto, las minas.

–Pero ésta es la capital, la ciudad donde vive el príncipe, el corazón del país...

–El corazón y el alma –puntualizó él–. Aquí fue donde los soldados griegos lucharon contra los invasores y se asentaron posteriormente con sus esposas. Siempre ha sido el centro del poder de Carathia.

–Se nota que eres un verdadero ciudadano de Carathia –dijo ella, comprendiendo la magnitud del hecho por primera vez–. Puede que Kelt sea duque aquí, pero en el fondo sigue siendo un neozelandés... su corazón sigue perteneciendo a Nueva Zelanda. Y tú, sin embargo, que estuviste tanto tiempo en mi país como él, eres de Carathia.

–Desde niño, supe que este lugar era mi destino –le confesó él–. Pero dejemos esos asuntos para otro momento... ¿Dónde te quieres sentar? Podemos salir a la terraza o pedir una mesa aquí dentro.

Rosie no lo dudó.

–Prefiero la terraza. Quiero disfrutar hasta el último segundo de este viaje. En Nueva Zelanda es invierno, y seguramente estará lloviendo y hará frío.

–Aquí también llueve, incluso en verano –dijo Gerd, mientras hacía un gesto a un camarero–. Si quieres un verano de verdad, ve a la costa o a las islas. Tienen un clima verdaderamente mediterráneo.

–No lo dudo, pero no creo que sea tan bonito como esto.

Rosie pensó que ya no tendría ocasión de conocer la costa adriática de Carathia, con sus ruinas romanas y griegas, sus colinas blancas llenas de viñedos, sus palmeras, su castillo en cada puerto y sus barcos pesqueros, en cuyas proas se dibujaban ojos desde la antigüedad porque la leyenda decía que así estarían más protegidos.

Y no tendría ocasión de ver todo eso porque no volvería a Carathia.

Un camarero apareció entonces con una bandeja, una botella de champán y dos copas. Abrió la botella de forma ceremoniosa y llenó los dos copas antes de ofrecérselas.

Detrás de Rosie, otros camareros se afanaban por instalar una mesa. Al parecer, Gerd y ella iban a ser las únicas personas que iban a cenar en la terraza.

Estaba tan nerviosa que tuvo que resistirse a la tentación de echar un trago de champán para calmarse.

–¿Seguro que no tienes frío? –preguntó él–. Si has cambiado de idea y prefieres que cenemos dentro...

–No, no, prefiero la terraza, de verdad. Siempre quise cenar en un edificio medieval con un hombre atractivo y una botella del mejor champán francés –comentó con humor–. Podré contárselo a mis nietos si alguna vez los tengo... ¿Sabes si también van a poner velas en la mesa?

Gerd sonrió.

–Por supuesto que sí. Pero me temo que no estamos en un edificio medieval, sino del Renacimiento –observó.

El príncipe alcanzó su copa y añadió:

–Bueno, brindemos. Por tu próxima visita a Carathia.

Rosie brindó con él e intentó saborear el champán, pero su mente estaba en otras cosas.

–Supongo que el siguiente acontecimiento de Carathia será el anuncio de tu boda con la princesa Serina... –comentó.

–No deberías creer lo que dicen los periódicos –declaró él, muy serio.

A Rosie se le encogió el corazón. Pero no fue capaz de decir nada y se limitó a mirarlo.

–Serina es de tu edad –continuó el príncipe–. Es demasiado joven para mí.

Las esperanzas de Rosie se desvanecieron tan deprisa como habían surgido. Si la princesa le parecía demasiado joven para él, ella también se lo parecería.

–¿Demasiado joven? –preguntó–. Pero si sólo me sacas doce años, Gerd... ¿Es que Serina cree que eres demasiado viejo para ella?

Gerd apretó los labios.

–No hemos hablado de ese asunto.

El príncipe la miró fijamente. Su cara permanecía tan inexpresiva como siempre, pero Rosie tuvo la impresión de que el tema le incomodaba.

–Entonces, ¿tú no crees que yo sea demasiado viejo para alguien de tu edad? –preguntó él.

Ella se ruborizó y se encogió de hombros.

–Bueno, supongo que eso depende de cada persona...

–Una respuesta muy diplomática –se burló Gerd–. Pero la contención no te queda bien, Rosemary.

–Puedo refrenarme cuando quiero –dijo dulcemente, mirándolo a los ojos.

–Oh, sí, ya me había dado cuenta... Siempre has tenido unos modales magníficos y un corazón de oro. Pero ésa no es la cuestión. Dime, Rosemary, ¿tú te casarías con un hombre doce años mayor que tú?

–Si estuviera enamorada de él, sí.

La situación se estaba complicando por momentos y a Rosie le resultaba cada vez más amarga, de modo que cambió de conversación.

–Siento haberte preguntado por Serina. No pretendía meterme en tus asuntos... es que últimamente habéis salido juntos en muchas fotografías.

–Porque Serina y yo tenemos muchos amigos comunes. Además, los periodistas siempre están encantados de inventarse historias –afirmó–. Me sorprende que prestes oídos a esas estupideces... Pero por si te interesa, te diré que cuando decida casarme con alguien, mi familia será la primera en saberlo. No lo anunciaré en los periódicos.

Rosie sonrió.

–Comprendo lo que dices, pero es lógico que la gente sienta curiosidad y se pregunte –observó ella–. A fin de cuentas, eres el soltero más famoso del mundo.

–Y la prensa tiene que vender como sea –dijo Gerd con sarcasmo–. Por cierto... Kelt me ha dicho que la tía Eva está empeñada en casarte.

–Sí, es cierto, aunque me parece extraño que quiera que me case cuando su experiencia matrimonial no podría ser más desastrosa. Pero hasta el momento, su único criterio de selección consiste en el tamaño de la cuenta bancaria de los candidatos –le informó ella, con un tono más cercano a la resignación que a la ironía–. Sinceramente, no me ha gustado ninguno de los hombres que me ha presentado.

Gerd la observó. Los últimos rayos del sol daban un tono aún más rojizo a su cabello.

–¿Y quién es el afortunado de estos días? –preguntó él.

Rosie arqueó las cejas.

–¿Me estás preguntando quién es el nuevo amante de mi madre? –preguntó ella.

–No, te pregunto por el tuyo –respondió–. ¿Es alguien que yo conozca?

–Ahora no estoy con nadie –respondió ella, apartando la vista.

Gerd se sintió frustrado. Rosemary le parecía de-

masiado joven para plantearse una relación a largo
plazo y mucho menos el matrimonio; tenía que disfrutar de la vida. Pero eso no evitaba que se sintiera intensamente atraído por ella.

Siempre había estado llena de pasión. Lo supo
cuando la besó por primera vez y lo supo a la mañana
siguiente, cuando la descubrió en brazos de Kelt y la
imagen se le quedó grabada amargamente en la me-
moria. Por lo visto, las relaciones tormentosas de su
madre le habían infundido un concepto distorsionado
del amor.

Por enésima vez a lo largo de los años, Gerd se preguntó si Rosie habría descubierto el sexo con Kelt. Y
por enésima vez, sintió una furia irrefrenable.

El príncipe nunca había mencionado el asunto a su
hermano; ni siquiera aquel día, cuando Kelt le insinuó,
amistosa pero firmemente, que Rosemary era suya.
Gerd estaba tan avergonzado por lo que había hecho
la noche anterior, cuando se dejó llevar por el deseo,
que reaccionó con actitud distante e incluso convenció
a Kelt de que no tenía el menor interés por ella.

Desde entonces, sus relaciones con Kelt se enfria-
ron tanto que se veían muy pocas veces. En gran parte,
porque detestaba la idea de que su hermano hubiera
sido el primer amante de Rosemary.

En cualquier caso, Gerd sabía que la relación de
Kelt y Rosemary no podía haber durado mucho; Hani
apareció poco después de que él volviera a Carathia y
Kelt se enamoró perdidamente de ella.

Pero seguía sintiendo celos.

—La mesa ya está preparada —dijo de repente, con
brusquedad—. Sentémonos.

Rosie lo miró con curiosidad y él le devolvió la mirada con expresión amistosa pero fría, emulando el trato que ella le había dedicado a lo largo de la semana, como si Gerd fuera una especie de hermano mayor.

Cuando se sentaron, Rosie mantuvo la misma actitud y él lo lamentó profundamente. Echaba de menos el destello apasionado que había notado al principio, cuando llegó a Carathia.

Durante los últimos días, había notado el interés que despertaba entre los hombres. Le disgustaba tanto que había estado a punto de intervenir en varias ocasiones para quitárselos de encima, pero naturalmente, se contuvo. Rosie sabía cuidar de sí misma. Y parecía tener mucha experiencia en las lides amorosas.

No podía negar que la deseaba. La deseaba desde aquel verano, pero entonces era casi una niña y no quiso abusar de ella.

Sin embargo, ahora era una mujer.

Empezaron a comer bajo la luz de las velas. La conversación era fluida, aunque Rosie notó que Gerd estaba distante y se preocupó; la miraba como si estuviera en otro sitio, como si se encontrara a muchos kilómetros de allí.

Pero de repente, él clavó la vista en sus labios y ella sintió un estremecimiento. Conocía el deseo y sabía reconocerlo en los demás. Gerd se sentía atraído por ella.

Intentó convencerse de que carecía de importancia, de que el deseo era una sensación normal, habitual, que no estaba necesariamente relacionado con nada que no fuera la pasión misma. Además, tampoco era la primera vez que un hombre la encontraba deseable. Y cabía la posibilidad de que Gerd sólo estuviera interesado en su cuerpo.

Eso le molestó tanto que dijo, con aspereza:

—¿En qué estás pensando, Gerd? ¿O debería llamarte *su alteza*?

Él le lanzó una mirada dura, helada.

—Sólo tendrías que dedicarme el tratamiento si me hablaras en el idioma de Carathia. O si fueras ciudadana de Carathia, pero no lo eres.

—¿Y cómo te llaman los que no están en ninguno de los dos casos?

—Mi familia y mis amigos me llaman Gerd.

—Entonces, te seguiré llamando Gerd. Aunque no sea ni familiar ni amiga tuya —declaró con ironía.

El príncipe se recostó en la silla y la miró con detenimiento.

Por alguna razón, Rosie se puso tan nerviosa que tuvo que apretar la copa de champán con fuerza para disimular su temblor. Pero no pudo hacer nada con la adrenalina que empezó a recorrer sus venas.

—Ya hemos mantenido esta conversación, Rosemary. Eres la hermanastra de Alex y te considero parte de la familia aunque no tengamos relación de sangre. Y en cuanto a la amistad... ¿crees que entre un hombre y una mujer puede haber una simple amistad?

—Entre algunos hombres y algunas mujeres, sí. No es imposible —respondió.

Gerd arqueó las cejas.

—Sé más específica. ¿Crees que tú y yo podríamos ser simplemente amigos?

Rosie se preguntó si estaba coqueteando con ella.

–No lo creo. La amistad se asienta sobre el trato... ¿Y cuántas veces nos hemos visto durante los últimos años? No, definitivamente no creo que nos podamos llamar amigos. En todo caso, somos dos conocidos que se llevan bien.

Rosie quedó satisfecha con su contestación. Si era cierto que intentaba coquetear con ella, le habría parado los pies en seco.

–Tu respuesta ha sido bastante inteligente, Rosemary, pero también inocua.

El camarero apareció en ese momento con otro de los platos que habían pedido y Gerd aprovechó la ocasión para derivar la conversación hacia terrenos menos peligrosos.

Rosie se sintió aliviada y se dejó llevar mientras hacía esfuerzos por apartar la mirada de aquella boca fascinante y de aquellos ojos de color dorado oscuro.

Lamentablemente, terminó admirando sus manos firmes, de dedos largos, y deseó sentir su contacto en la piel. Aún recordaba lo que había sentido años antes, cuando se estaban besando y él le acarició la espalda.

Desesperada, intentó pensar en otra cosa y se limitó a lanzarle miradas y sonrisas más o menos impersonales.

Cuando terminaron de cenar, estaba tensa como la cuerda de un arco. Ni siquiera tuvieron que pagar la cena, y Rosie se preguntó si el restaurante enviaría la factura al palacio real.

Salieron del edificio y entraron en el mismo coche que los había llevado, con el mismo conductor y el mismo guardaespaldas. Ella se apretó contra el fondo del asiento y se puso el cinturón de seguridad para crear un barrera, aunque fuera frágil, con Gerd.

Ya se habían puesto en marcha cuando miró por la ventanilla y dijo lo primero que se le pasó por la cabeza:

—Me gusta la arquitectura moderna, pero debo admitir que todos estos edificios antiguos, con sus balcones, sus esculturas y sus puertas grandes, me hacen desear que Nueva Zelanda tuviera una historia más larga...

—Será la novedad –dijo él, distante–. A fin de cuentas, estás acostumbrada a vivir entre casas de madera. Aquí, en cambio, la piedra siempre ha sido más barata que la madera. Y supongo que también resulta más romántica.

—Sí, puede ser eso.

El coche llegó entonces al palacio, que se encontraba en lo alto de una colina.

—Es verdaderamente precioso –dijo ella, fascinada con el esplendor del lugar–. ¿Por qué lo hicieron tan grande? ¿Es que el príncipe que lo construyó tenía familia numerosa?

—Yo diría que tenía un sentido algo desmesurado de su propia importancia –respondió Gerd–. Uno de sus barones se había casado con una mujer italiana a quien le disgustaba el castillo donde vivían porque lo encontraba frío. Sospecho que él estaba muy enamorado y que ella era verdaderamente hermosa, porque lo derribaron y aprovecharon la piedra para construir una mansión... Y como el gran duque no podía ser menos que uno de sus barones, hizo lo mismo con el castillo de Carathia y construyó un palacio.

–Imagino que para alivio de todos los integrantes de la Corte... –dijo ella–. Los castillos me encantan; son sobrios, poderosos y evocan leyendas de caballería; pero supongo que también resultan incómodos.

El coche se detuvo en uno de los patios interiores del palacio.

–¿Prefieres la comodidad al romanticismo, Rosemary?

Rosie se estremeció al ver la sonrisa de Gerd y respondió, a toda prisa:

–Por supuesto que sí.

Unos segundos después, cuando ya habían salido del vehículo y caminaban hacia una de las puertas, él preguntó:

–¿Te apetece una última copa?

Capítulo 4

EL SENTIDO común de Rosie le dijo que debía despedirse de él y marcharse de inmediato. Pero si hubiera escuchado a su sentido común, no habría ido a cenar con él y se habría perdido la velada amarga y dulce a la vez que acababa de vivir.

Además, sabía que a partir de entonces sólo le volvería a ver en fotografías. Y la perspectiva le resultó tan dolorosa que quiso aprovechar hasta el último momento.

—Sí, gracias. Me gustaría mucho —contestó.

Al llegar a su suite privada, Gerd sirvió dos copas mientras ella echaba un vistazo a su alrededor. No la había llevado al salón donde habían celebrado la reunión familiar, sino a una sala más pequeña y más íntima, decorada de un modo más informal.

Su mirada pasó desde el sofá, tan grande como para que un hombre de la altura de Gerd pudiera dormir en él cómodamente, hasta la preciosa vajilla de cristal de una de las vitrinas.

—La vajilla es de cristal de Venecia —dijo él, mientras le pasaba su copa—. Los venecianos fueron dueños de casi toda la zona costera en la antigüedad.

—¿Conquistaron Carathia?

—No, pero exigían un tributo anual consistente en vino y en plata de las minas.

–No sabía que tuvierais minas de plata...

–Se agotaron hace dos siglos, pero bastaron para que Carathia fuera muy próspera durante la Edad Media.

Rosie probó el vino blanco que le había servido. Era sutil y tenía un leve aroma a flores.

–Huele como a primavera –dijo–. ¿Es de aquí?

–Sí.

Gerd la miró y añadió, con un tono de voz que Rosie no le había oído nunca:

–Lo elegí porque siempre me recordaste a la primavera.

Rosie se quedó helada. Su pulso se aceleró y tuvo la sensación de que un torrente de energía recorría su cuerpo.

Sin poder evitarlo, empezó a temblar.

Gerd entrecerró los ojos, le quitó la copa de la mano y la dejó sobre una mesa.

A Rosie se le hizo un nudo en la garganta.

Pero a pesar de estar tan excitada, sacó fuerzas de flaqueza y logró protestar cuando el príncipe le puso las manos en la cintura.

–Esto no es una buena idea, Gerd.

–¿Tienes una idea mejor? –preguntó, con voz ronca.

–No lo sé. Simplemente no creo que...

Rosie ya se había quedado sin palabras cuando Gerd la tomó de la mano a continuación y la besó en la muñeca.

Fue un beso apasionado, exigente. Rosie tragó saliva en un intento por eliminar la súbita sequedad de su garganta. Incluso supo que tenía que decir algo, pero no recordó qué.

Sin dejar de mirarla, Gerd llevó las manos de Rosie a su pecho y las dejó allí, para que pudiera sentir los latidos de su corazón.

Rosie cerró los ojos, pero sólo sirvió para empeorar las cosas. Carente de la visión, el resto de sus sentidos se agudizaron. Ahora podía oír su respiración, tan rápida y pesada como si hubiera estado corriendo. Y podía notar su aroma, masculino, evocador, absorbente.

Abrió los ojos de nuevo y sostuvo su mirada, intensa como la de un depredador.

Pensó que tenía motivos para estar asustada.

Pero no lo estaba.

—¿Y la princesa Serina? —se atrevió a preguntar.

—No estoy comprometido ni con la princesa ni con ninguna otra mujer —aseguró con severidad—. Y por si te preocupa, puedes estar segura de que Serina no espera que le haga una oferta de matrimonio.

Rosie intentó preguntar algo más, pero él borró las palabras de sus labios con un beso y ella se rindió inmediatamente al deseo.

Entonces, Gerd la tomó en brazos y cruzó la habitación con ella, sin dejar de besarla, hasta llegar al sofá. Una vez allí, se tumbaron y él se apartó de su boca para besarle el cuello con toda la pasión de la que era capaz.

Rosie se preguntó si habría hecho mal por no huir cuando aún tenía la ocasión.

Fuera como fuera, ya era demasiado tarde. Las atenciones de Gerd habían despertado hasta la última de las células de su cuerpo.

No se había sentido tan segura en toda su vida.

Ni tan en peligro.

En ese momento, Gerd alzó la cabeza y escudriñó su rostro. Estaba más atractivo y más imponente que nunca.

—Si no quieres seguir, dímelo ahora. No creo que luego pueda parar.

Rosie respiró hondo y dijo:

—¿Por qué?

Gerd cerró los ojos durante unos segundos y respondió:

—Rosemary, te he deseado desde la primera vez que te besé; pero entonces eras demasiado joven para mí. Ahora, en cambio, eres toda una mujer... sin embargo, no seguiré adelante si tú no deseas también.

Rosie observó su cara con detenimiento.

Casi le parecía una crueldad que el príncipe se preocupara por cuestiones de principios después de besarla de ese modo, como si ella fuera lo más importante en su vida, como si la deseara tanto como ella a él.

Furiosa, dijo:

—Por supuesto que te deseo, Gerd. Te he deseado desde que comprendí lo que significaba el deseo.

—Pero tú mereces algo más que una simple noche de amor...

Por algún motivo, las palabras de Gerd sólo sirvieron para afianzar la determinación de Rosie, que ya era bastante firme.

—Y tú.

Los ojos de Gerd brillaron con humor, pero también con seguridad, como si hubiera llegado a un cruce de caminos y supiera exactamente por dónde seguir.

–En tal caso, no deberíamos limitarnos a una sola noche –comentó él–. ¿Qué decides?

–¿Por qué tengo que decidir yo?

Él la tomó de la mano y respondió:

–Lo sabes de sobra.

–No, no lo sé. Además, tú eres más fuerte que yo y...

–Por eso tienes que decidir tú –la interrumpió, inflexible.

Gerd le apretó un poco más la mano y se la soltó.

–Toma una decisión, Rosemary –insistió.

Rosie intentó pensar. Sabía que parte de la frustración que sentía procedía del simple hecho de que seguía siendo virgen. Nunca había hecho el amor y lo imaginaba algo maravilloso y trascendente, aunque había hablado con suficientes personas como para saber que no era necesariamente así.

Si se acostaba con Gerd, cabía la posibilidad de que la experiencia sirviera para satisfacer el deseo y quitárselo de encima; pero también era posible que empeorara la situación y perdiera el control de sus emociones.

Sin embargo, la situación ya había empeorado bastante; seguía siendo virgen por él, porque estaba obsesionada con él. Además, estaba a punto de volver a Nueva Zelanda; y cuando volviera a su país, estaría tan lejos del príncipe que el deseo desaparecería poco a poco y ella se libraría de su pasión adolescente.

–Bueno, como los dos sabemos que lo que sentimos es mutuo... ¿por qué no seguimos adelante y vemos lo que pasa?

Gerd apretó los labios.

–¿Propones que nos comportemos como dos adultos que saben lo que quieren?

–Sí. ¿Qué tiene eso de malo? –preguntó ella, en tono desafiante–. Es mejor que comportarse como dos jovencitos atontados, ¿no crees? Somos adultos y sabemos que esto no puede ir a ninguna parte. Así que, ¿por qué no disfrutamos del momento, sin más preocupaciones? Cuando acabe, tendremos un recuerdo bonito y no nos arrepentiremos.

Gerd sonrió.

–Si eso es lo que quieres, es lo que tendrás.

A pesar de sus palabras, Gerd no hizo ademán alguno de acercarse a ella. Rosie se sintió insegura y se preguntó si no lo habría disgustado con su declaración. Pero el príncipe volvió a hablar:

–Eres el sueño de cualquier amante, Rosemary. No quieres ataduras ni compromisos ni planes a largo plazo; sólo quieres la promesa del sexo... –dijo con voz ronca–. Cuando se presente y como se presente.

–En lo del compromiso te equivocas –dijo ella, intentando mostrarse firme–. Mientras mantengamos una relación, te seré fiel y esperaré lo mismo de ti.

Él asintió.

–Muy bien. Trato hecho.

–Trato hecho –repitió ella.

Rosie le ofreció la mano y Gerd se la estrechó un momento y se la llevó a los labios para besarla.

Ella se estremeció al sentir el contacto. Él la besó de nuevo y su boca la llevó a un reino donde los pensamientos y la lógica ya no tenían ninguna importancia, donde la única realidad era la pasión que compartían.

A pesar de ello, Rosie no dejaba de preguntarse cómo reaccionaría él cuando supiera que no había hecho nunca el amor.

Pero en ese instante no importaba. Sus besos avivaron las brasas que llevaban encendidas varios años, y cuando la besó en la base del cuello, ella se puso tensa y soltó un gemido involuntario y suave.

—Hasta hueles a primavera —declaró él en voz baja—. Todo en ti son flores, dulzura, energía...

Rosie le echó la camisa hacia atrás y le besó el hombro con la boca abierta. Su piel sabía como en sus sueños, a una combinación arrebatadora de carisma y poder, a una esencia contundente que era exclusivamente de Gerd, de su cuerpo.

Para su asombro, el príncipe se estremeció. Y después, dejó de besarla en el cuello y descendió hacia sus pechos, que se pusieron tensos, expectantes, como dominados por un hambre que sólo él podía saciar.

Gerd se apartó y llevó las manos a su vestido, para quitárselo.

—No queremos que termine todo arrugado, ¿verdad? —acertó a decir ella.

—No —respondió—. Levanta los brazos.

Ella obedeció en silencio; el le quitó el vestido por encima de la cabeza, sin apartar la vista de sus ojos, y dejó la prenda en el brazo del sofá.

Justo entonces, Rosie recordó que lo único que llevaba por debajo eran las braguitas. Y para su horror, se ruborizó.

Apartó la mirada un momento, intentando disimular. Pero Gerd no se había fijado en su rubor; contemplaba sus pechos con una fascinación tan intensa que ella misma se quedó sin aire, con un deseo tan poderoso que su propio deseo se multiplicó al instante y se volvió más exigente y elemental que nunca.

–Tu piel es suave como la seda –dijo él.

Ella se estremeció de nuevo. No se había sentido tan expuesta en toda su vida. Estaba prácticamente desnuda y él seguía completamente vestido.

No sabía qué hacer; pero por fortuna para ella, Gerd rompió el silencio.

–Será mejor que yo también me desnude.

Él se empezó a quitar la camisa y ella se quedó inmóvil, contemplando sus dedos largos contra la tela blanca y oyendo su respiración.

Pensó que debía decirle la verdad, confesarle que todo aquello era nuevo para ella.

Pero lo desestimó.

No le parecía tan relevante, ni quería cargarlo con el peso de una responsabilidad excesiva. No quería arriesgarse a introducir un elemento de distorsión, insinuando que su virginidad era más importante que su deseo.

Gerd se quitó la camisa y la dejó sobre el vestido.

Ella dudó un momento, pero estaba tan excitada que se atrevió a llevar las manos a su pecho y se lo empezó a acariciar. Sus músculos se tensaron y Rosie perdió parte de su seguridad porque no sabía reconocer las reacciones de un amante.

Gerd lo notó y la besó en la boca con dulzura, hasta que ella se relajó otra vez. Sólo entonces, cambió de posición y le empezó a lamer los senos.

–Deberíamos ir a otra parte. No quiero hacerlo en el sofá –murmuró él.

Se levantó, la tomó en brazos y cruzó la sala con ella.

La llevó a un dormitorio que debía de ser el suyo y la posó suavemente sobre las frías sábanas. Luego, se inclinó para quitarle los zapatos y le acarició las piernas.

Rosie contuvo la respiración; pero el contacto duró poco, porque Gerd se apartó de nuevo para quitarse el resto de la ropa.

Ella contempló su desnudez. Gerd era un hombre magnífico, alto y sin un gramo de grasa, el sueño de cualquier mujer. La luz que entraba por la puerta, desde el salón, daba a su piel un tono dorado y enseñaba más de lo que la oscuridad del dormitorio ocultaba.

Inconscientemente, Rosie extendió una mano.

Él la agarró entre sus dedos y preguntó:

–¿Quién soy yo?

Rosie frunció el ceño.

–Tú sabes quién eres –respondió, insegura.

–Pues llámame por mi nombre.

–Gerd.

–¿Eso es todo?

Rosie no sabía lo que Gerd quería decir, pero contestó:

–Gerd es todo lo que me interesa. Tus apellidos son cosa del pasado... Tu nombre, en cambio, es el presente.

Él le besó la palma de la mano y le acarició el monte de Venus con el pulgar.

–Rosemary... –susurró.

Aquella caricia leve y casi inocente le pareció casi

más erótica que todos los besos anteriores. Gerd se tumbó en la cama, encima de ella, y la apretó contra el colchón; pero se apartó un segundo después.

–Espera un momento... –dijo.

Rosie comprendió lo que iba a hacer. Estaba tan excitada que había perdido el sentido de la realidad y no había pensado en el peligro de quedarse embarazada.

Cuando Gerd volvió a su lado, Rosie se sintió mejor que nunca. Estaba con el hombre al que deseaba con todas sus fuerzas, más allá de cualquier miedo.

Él la cubrió de besos y caricias, con la seguridad de un amante experto. Rosie olvidó su propia falta de experiencia, dejó que Gerd llevara la iniciativa y se dedicó a acariciarlo igual que él a ella.

Al cabo de un rato, empezó a frotarse contra su cuerpo y arquear las caderas hacia arriba, como buscando algo más que aquel placer exquisito.

–¿Ya? –preguntó él.

–Sí –susurró ella–. Sí, por favor...

Gerd no obedeció de inmediato. Llevó una mano a su cuello y la bajó poco a poco hasta llegar a su entrepierna.

Entonces, y sólo entonces, se dispuso a penetrarla.

Rosie gimió y tensó músculos cuya existencia ni siquiera conocía.

Gerd se quedó helado.

–¿Qué demonios... ?

Rosie arqueó las caderas otra vez. Lo tenía cerca, muy cerca, pero no lo suficiente.

Llevó las manos a su cuello y tiró de él para que la penetrara del todo. La resistencia de Gerd sólo duró un instante; después, empezó a entrar y a salir de ella con movimientos lentos y eróticos que aumentaron la potencia de sus sensaciones hasta que Rosie gimió, atravesó una frontera invisible y entró en una dimensión donde lo único que importaba era el éxtasis perfecto que la invadió.

Casi de inmediato, Gerd llegó al mismo sitio. Echó la cabeza hacia atrás, su cuerpo se tensó con una energía apenas controlable y alcanzó el orgasmo.

Asombrada por la intensidad del placer, Rosie lo abrazó y tuvo la impresión de que sus respiraciones se aunaban y se relajaban poco a poco mientras descendían a la realidad.

Gerd se tumbó de lado, le puso un dedo debajo de la barbilla y la obligó a mirarlo a los ojos.

–¿Por qué no me lo habías dicho? –preguntó.

Rosie intentó encontrar una respuesta, pero no la encontró. No podía pensar. Estaba tan fuera de sí, tan perdida, que hasta había olvidado la única lección verdaderamente útil que le había dado su madre: no hacer el amor, nunca, sin protección.

–¿Usas algún método anticonceptivo? –continuó él.

Ella decidió decir la verdad.

–No, hasta ahora no lo había necesitado... Pero te has puesto un preservativo, ¿verdad?

–¿Y si no me lo hubiera puesto? ¿Qué habrías hecho?

Rosie sacudió la cabeza.

–Tienes razón. Me he comportado de forma estúpida. Pero estaba segura de que harías lo correcto –se defendió.

–¿Y por qué no me has dicho que eras virgen?

Rosie apartó la mirada.

–No sé. No me ha parecido importante.

La respuesta de Rosie enfadó a Gerd.

–¿Que no te ha parecido importante? Por supuesto que es importante, Rosemary. ¿Sabes por qué lo sé? Porque si fuera cierto lo que dices, te habrías acostado con cualquiera de los hombres que se acercan a ti.

Rosie se encogió de hombros. No se atrevía a confesar que su virginidad no le importaba nada; que si no se había acostado con nadie hasta entonces, era pura y simplemente porque sólo lo deseaba a él.

–Por Dios, Gerd, qué más da. Siempre he hecho lo que me ha parecido mejor para mí.

Gerd apoyó la cabeza en la almohada y ella contempló su perfil. Estaba magnífico; grande, bello y furioso.

–¿Acostarte conmigo te parece lo mejor para ti? –preguntó él con frialdad.

–No lo sé –respondió sin pensar–. Pero deja de insistir con ese asunto... No te lo he dicho porque no me ha parecido necesario. Además, estaba tan excitada después del primer beso que no podía pensar con claridad.

Él entrecerró los ojos.

–Me halagas, Rosemary. Pero a pesar de ello, los preservativos no son infalibles.

–Bueno, si eso es lo que te preocupa, iré al médico y buscaré la protección necesaria. Pero si lo dices porque ya te has cansado de mí, lo comprenderé.

Gerd la miró con intensidad durante unos segundos que se le hicieron eternos.

–No, Rosemary. Tenemos un trato, ¿recuerdas? Hemos acordado que seguiremos adelante y que veremos lo que pasa.

–Sí, ya lo sé, pero tú no sabías que estabas llegando a un acuerdo con una mujer virgen, carente de experiencia. Y por tu reacción, es obvio que te ha disgustado...

–Me ha disgustado que no me lo dijeras –puntualizó–. Si me lo hubieras dicho, habría sido más cortés.

Gerd le pasó un dedo por la curva de un pecho. Ella suspiró y dijo:

–No quería que fueras cortés, Gerd. Pero, ¿estás seguro de que no te ha molestado?

–¿Molestarme? ¿Cómo iba a molestarme? Te he dicho hace un rato antes que eres el sueño de cualquier amante. No pides compromisos; sólo quieres disfrutar del placer y transformar tu inocencia sensual en conocimiento... Puedes estar segura de que respetaré mi parte del trato –le aseguró–. Simplemente me ha sorprendido. Jamás habría imaginado que eras virgen.

–¿Seguro que quieres seguir adelante? –insistió, insegura.

Gerd se inclinó sobre Rosie y trazó con la lengua el mismo camino que había seguido su dedo.

–Por supuesto –respondió contra su piel–. Además, enseñarte el amor será un placer...

Rosie volvió a gemir.

–Pero no esta noche –continuó Gerd–. Estarás demasiado sensible.

Ella abrió la boca para protestar, pero la tuvo que cerrar enseguida para contener un bostezo.

Gerd sonrió con ironía, se levantó y la puso en pie.

–Además, tenemos que hablar de ciertos asuntos y esta noche no es el momento adecuado. Cuando te hayas vestido, te llevaré a tu habitación.

Rosie alcanzó su ropa e intentó emular la seguridad del príncipe.

Ya vestida, Gerd la acompañó a su dormitorio y le dio un beso casto que se transformó enseguida en uno más apasionado. Después dio un paso atrás, la miró a los ojos y dijo, antes de marcharse:

–Buenas noches.

Media hora después, Rosie estaba tumbada en su cama y dando vueltas a lo sucedido. Indudablemente, Gerd se habría llevado una buena sorpresa; la suponía una mujer experimentada en el amor y había descubierto que era primeriza.

Pero eso no le preocupaba tanto como el hecho indiscutible de que las cosas habían cambiado de un modo radical. Por una parte, le había concedido a Gerd un poder mucho mayor que el que tenía hasta entonces; por otra, ella había mejorado como persona, había aprendido algo nuevo y había vivido una experiencia verdaderamente maravillosa.

Pasara lo que pasara, no se arrepentiría.

Gerd era un amante magnífico; un amante apasionado, cariñoso y experto con el que había disfrutado hasta el último segundo.

Sonrió y se quedó dormida.

Cuando despertó a la mañana siguiente, seguía tan asombrada y casi tan excitada como la noche anterior.

Miró el reloj, vio que era tarde y se levantó.

–Hora de hacer las maletas...

En realidad, no sabía qué hacer. No sabía si Gerd

quería que se atuviera a sus planes y volviera a Nueva
Zelanda o si prefería que se quedara en palacio.

En ese momento, llamaron a la puerta.

–Adelante.

Era Gerd, tan alto, adusto y distante como de costumbre.

–Ven conmigo –dijo.

Ella obedeció y lo acompañó a la sala donde habían
estado la noche anterior. Al ver el sofá, se estremeció
y sintió un calor intenso.

Pero el calor se desvaneció cuando el príncipe volvió a hablar.

–He cancelado tu vuelo.

Capítulo 5

ROSIE se quedó atónita.

–No tenías derecho... –acertó a decir.

Gerd se encogió de hombros.

–¿Es que querías volver a Nueva Zelanda?

Ella respiró hondo y contestó:

–Ésa no es la cuestión. La decisión era mía, no tuya. Yo no soy uno de tus súbditos; no puedes decirme lo que tengo y lo que no tengo que hacer.

Él se encogió de hombros por segunda vez.

–Pues me temo que ya está hecho... Y como anoche hablaste sobre la posibilidad de ir al médico, me he tomado la libertad de llamar a uno. Estará aquí dentro de media hora –le informó–. Pero si prefieres volver a Nueva Zelanda, reservaré un vuelo ahora mismo. Al menos volverás en un avión más cómodo que el que te trajo.

–No tenías derecho a tomar esa decisión por mí –insistió.

Gerd sonrió.

–¿He tomado una decisión equivocada?

Ella suspiró.

–No.

–Discúlpame, Rosemary. Kelt siempre dice que soy demasiado arrogante, y supongo que tiene razón. ¿Qué quieres hacer?

–No lo sé. Yo...

Estaba tan nerviosa que los ojos se le llenaron de lágrimas.

–Maldita sea, Gerd...

Él se acercó de inmediato y la abrazó. Ella apoyó la cabeza en su hombro.

–Tienes que recordar que no estoy acostumbrada a estas cosas –continuó Rosie–. No soy como tú.

–Nos parecemos más de lo que crees, Rosemary. Como te dije ayer, no creas todo lo que los periódicos publican...

–Aunque la mitad de lo que publiquen sea falso, es evidente que tienes mucha más experiencia que yo –alegó.

Gerd se apartó un poco para poder mirarla a los ojos.

–Bueno, es verdad que he tenido mis amantes. Pero no han sido muchas; y desde luego, todas han sido importantes para mí.

–¿En serio?

–En serio. Pero no pretenderás que te hable de ellas... sería poco caballeroso por mi parte y una ruptura de su confianza –respondió–. Además, anoche me planteaste tus condiciones y yo las acepté. Mientras estemos juntos, no tienes que preocuparte por el resto de las mujeres; sólo estaré contigo.

Como Rosie no dijo nada, él añadió:

–¿Me crees?

–Sí, claro que te creo –respondió ella, tímidamente–. Es que todo esto es nuevo para mí. No sé qué implica lo de estar juntos...

Gerd sonrió y la abrazó con más fuerza.

–Me sorprende que la Rosemary que conozco, la mujer atrevida y llena de confianza, se muestre tan insegura con estos asuntos.

–Pues no te sorprendas.

–¿Me perdonas por haber dado por sentado que preferías quedarte en Carathia?

Rosemary se dijo que le habría perdonado cualquier cosa. Tenía miedo de darle demasiada cuerda y de que Gerd sobrepasara los límites; pero paradójicamente, no le importaba en absoluto.

–¿Rosemary?

–Sí, te perdono; pero sólo si me prometes que no volverá a ocurrir –respondió–. En cuanto a mí, te prometo que tampoco me acostaré con otros hombres.

–Entonces, estamos de acuerdo.

Gerd le dio un beso. Pero fue un beso lleno de inocencia, en la frente, más destinado a tranquilizarla que a excitarla.

Después, la tomó del brazo y la llevó hacia la puerta.

–Tengo que dedicar los próximos días a un montón de compromisos oficiales; pero después me voy a tomar un mes de vacaciones en una villa que tengo en una de las islas de Carathia. Si no te importa estar sola cuatro días, podrías adelantarte y esperarme allí. Creo que sería lo más adecuado.

Rosie lo miró.

–¿Por qué?

–Porque si te ven aquí, conmigo, la prensa se enterará y te encontrarás rodeada de paparazzi antes de que te des cuenta.

–Comprendo...

Gerd sonrió y le dio un beso breve en los labios.

—Estoy seguro de que la villa te gustará mucho; está en un lugar precioso. Además, cuatro días no son tanto tiempo...

A pesar de lo que dijo, los cuatro días se le hicieron una eternidad.

Gerd no había mentido; la isla era verdaderamente bonita, con un puerto de casas blancas del que los barcos pesqueros entraban y salían constantemente. Las colinas estaban llenas de olivares y viñedos y el aire olía a mar y a las flores de los jardines.

En cuanto a la villa, que en realidad era una mansión, resultó ser un lugar de ensueño entre el azul del cielo y el del mar.

Pero se sentía sola y estaba asustada.

Ella, que siempre había disfrutado de la soledad, pasaba las horas entre un sentimiento de nostalgia y la espera de las llamadas de Gerd, porque el príncipe la llamaba por teléfono todos los días, sin falta.

Sólo recobraba su felicidad cuando hablaba con él; pero era una felicidad breve, porque sabía que más tarde o más temprano se separarían y seguirían sus propios caminos. A fin de cuentas, sus mundos eran radicalmente distintos. Él era un príncipe. Estaba condenado a casarse con una mujer de su posición social, con una mujer que le diera descendientes adecuados para el trono de Carathia.

Por otra parte, Gerd le había dejado bien claro que era demasiado joven para él. Y ella misma estaba convencida de que no tenía el carácter necesario para estar a su lado; una convicción que se había confirmado al observar el carisma encantador de Hani y de la propia princesa Serina, que parecían conocer a todo el mundo y tener la palabra preciosa para cada cual.

Al tercer día, mientras descansaba a la sombra de un árbol, tumbada en una hamaca, se dijo en voz alta:

–Tienes que afrontar los hechos, Rosie.

Y era verdad. Tenía que asumir la realidad y aclararse las ideas antes de que Gerd se presentara en la isla y la sedujera con sus sonrisas y sus caricias.

Disfrutarían de aquel mes. Luego, volvería a Nueva Zelanda, se buscaría un trabajo, ahorraría todo lo que pudiera y abriría la floristería de sus sueños.

Aún estaba pensando en ello cuando oyó un rumor por encima de su cabeza.

Alzó la vista y vio que era un helicóptero que se acercaba.

Se emocionó tanto que estuvo a punto de caerse de la hamaca cuando se quiso levantar. El aparato tomó tierra en la parte trasera de la villa, donde había un helipuerto.

Pasaron varios minutos antes de que la silueta alta y dominante de Gerd apareciera por detrás del edificio. Rosie apenas podía refrenar su entusiasmo; y era perfectamente consciente de que su alegría no era fruto del deseo, sino del hecho evidente de que se estaba enamorada de él.

Pero eso no era nuevo. Estaba enamorada de Gerd desde aquel verano, ya remoto. Aunque había tardado en comprenderlo, ningún hombre le había llegado al corazón porque su corazón ya tenía dueño.

–Rosemary...

El simple sonido de su nombre bastó para que Rosie se derritiera por dentro cuando Gerd se acercó y le dio un abrazo fuerte, casi doloroso.

No la besó. Durante unos segundos no hizo otra cosa que abrazarla, como si no se hubieran visto en años.

–¿Me has echado de menos? –preguntó él.

–Con locura –respondió ella–. ¿Y tú?

–Cada minuto, cada segundo, cada día, cada noche... Te extrañaba tanto que he decidido adelantar mis vacaciones y venir un día antes.

Gerd le dio un beso tan apasionado y urgente que a Rosie se le doblaron las rodillas. Después, la alzó en brazos y se tumbó en la hamaca, poniéndola a ella encima.

Rosie notó su erección y le cubrió la cara de besos hasta que él soltó un gemido.

–Basta, deja de besarme de ese modo o perderé el control –le rogó–. María nos espera con la comida dentro de cinco minutos.

Rosie rió.

–¿No ibas a tardar cuatro días en volver?

Él se encogió de hombros.

–Como ya he dicho, he decidido adelantar el viaje.

Rosie notó algo extraño en el fondo de su voz, algo que le hizo desconfiar.

–¿Ha ocurrido algo malo, Gerd?

El príncipe se puso tenso, pero respondió:

–No, no, todo va bien. Y ahora que estoy aquí, va mucho mejor.

–Me alegro.

Rosie se apartó un poco para intentar levantarse; Gerd notó que no tenía mucha experiencia con las hamacas y se la sujetó lo suficiente para que pudiera ponerse en pie.

Mientras él se levantaba, Rosie pensó que había cometido una estupidez al aceptar los términos de aquel acuerdo. Estaba enamorada de él y él no la correspondía. Quizás habría sido mejor que hubiera huido y hubiera vuelto a Nueva Zelanda, pero ya era demasiado tarde.

Seguiría adelante y disfrutaría de lo que tenía. Sin embargo, tendría que vigilar cada uno de sus actos y de sus palabras para que Gerd no llegara a saber la verdad, para que no llegara a adivinar sus sentimientos.

Él la tomó de la mano y la llevó hacia la mansión.

–¿Y bien? ¿Te has divertido mucho en mi ausencia? –preguntó.

–He nadado mucho –respondió ella–. Y he leído unos cuantos libros... tienes una biblioteca excelente. Le pregunté a María si podía tomar prestado algún libro y me dijo que podía leer todos los que quisiera.

–¿Has tenido ocasión de explorar la isla?

–Bueno, acompañé a María al mercado cuando fue de compras. Me divertí mucho, pero además de eso y de nadar, no he hecho gran cosa.

–Entonces, estarás muy descansada –dijo él, con malicia.

Rosie se ruborizó.

–Mucho.

Gerd rió.

–Venga, vamos a comer algo. Dejemos las diversiones para después.

Rosie soltó una carcajada algo forzada, pero al menos le sirvió para relajarse un poco.

Durante la comida, su entusiasmo se fue convirtiendo en excitación. María, el ama de llaves, la sirvió en una terraza pequeña, a la sombra de una parra. La luz del sol se filtraba entre las hojas, con una intensidad que emulaba la del mar y la de la arena blanca de las playas.

–Es un sitio maravilloso... –dijo ella.

Gerd le sirvió una copa de vino y dijo:

–Originalmente fue una villa romana. Con el paso de los siglos, los habitantes de la zona la desmontaron poco a poco y aprovecharon la piedra para construir sus casas. Más tarde, durante la época victoriana, se puso de moda lo de tomar el sol y uno de mis antepasados decidió construir esta casa como regalo para su esposa, que estaba delicada de salud. Por cierto, ¿qué te parecen nuestras playas?

Rosie sonrió.

–Bueno, sin desmerecer las playas de Nueva Zelanda, y sobre todo las de Kiwinui, debo reconocer que son magníficas. Aunque creo que la isla estaría todavía mejor si plantaran unos cuantos árboles *pohutukawa*.

Gerd rió.

–Ah, cómo sois los *kiwis*... estáis totalmente enamorados de vuestro país.

–¿Qué pasó con la esposa de tu antepasado? ¿Vivir en la costa le vino bien?

Gerd, que le estaba sirviendo un plato de pescado al limón, dijo:

–No. Me temo que murió muy joven.

–Qué triste...

Gerd sonrió con ironía.

–Bueno, mi antepasado lloró su pérdida durante

dos años, pero luego se casó con una princesa alemana que le dio cinco hijos absolutamente sanos. Venían aquí a pasar las vacaciones y, según tengo entendido, fueron muy felices.

Rosie contempló su cara, tan inescrutable como siempre.

Sabía lo que Gerd quería de ella. Quería una aventura sin complicaciones, sin angustias, sin nada salvo la pasión que compartían.

Y estaba dispuesta a dársela.

–Se ve que tu antepasado era un hombre práctico...

–Qué remedio. Si querían mantener el trono y seguir con vida, mis antepasados no tenían más opción que ser prácticos.

–Bueno, espero que los niños se divirtieran mucho en la mansión...

–Por supuesto que se divirtieron. Tengo fotografías que lo demuestran –dijo él.

La comida estaba excelente. María había aprovechaba a la perfección los productos típicos del Mediterráneo, desde el aceite de oliva hasta el vino, pasando por los pescados, las verduras, el queso, los piñones y la albahaca.

Rosie la disfrutó tanto como él, y hasta la propia María quedó encantada cuando Gerd le pidió, al final de la comida, que les sirviera su famoso yogur con miel y melocotón.

Fue un rato tan relajado que Rosie se acordó de los días en Nueva Zelanda, cuando Gerd sólo era el hermano mayor de Kelt y nadie le exigía otra cosa; cuando ella era una simple adolescente y la vida, mucho más sencilla.

–¿En qué estás pensando? –preguntó él, dejando a un lado su cucharilla.

–En nuestras vacaciones en Kiwinui –respondió–. En lo mucho que nos divertíamos... ¿Te acuerdas de cuando decidiste enseñarme a montar?

Gerd le dedicó una sonrisa franca.

–Por supuesto que me acuerdo. Te caías cada vez que te subía al poni, pero te limpiabas el polvo, apretabas los dientes y volvías a montar.

–Era un poni con muy malas pulgas...

–¿Sigues montando?

–Cuando puedo.

Las palabras de Rosie sonaron tan distantes que lamentó haber sacado el tema de conversación. Pero no lo podía evitar; Gerd le llegaba al corazón con una simple sonrisa.

Él se dio cuenta, la tomó de la mano por encima de la mesa y se levantó con ella.

–¿María ha conseguido convencerte de las ventajas de echarse la siesta? –preguntó él con voz profunda.

Los latidos de Rosie se aceleraron.

–Lo ha intentado, pero prefiero leer.

–Qué forma de desperdiciar estas horas... –se burló.

–¿Ah, sí? ¿Te parece un desperdicio? ¿Es que se te ocurre algo más apropiado? Además de dormir, por supuesto...

–Claro que se me ocurre.

–¿Y qué propones?

–Esto.

Gerd inclinó la cabeza y la besó.

Durante la comida, Rosie había hecho verdaderos esfuerzos por concentrarse en la conversación y no anticipar ese momento; pero ahora, cuando por fin llegó, se rindió inmediatamente al poder erótico de una boca que la dejaba sin aire.

Entonces, el príncipe la alzó en vilo y la llevó hacia la casa.

–Esto empieza a ser una costumbre... –dijo ella.

–Una costumbre maravillosa –dijo él.

–¿Porque hace que te sientas poderoso?

Gerd volvió a sonreír.

–No, porque la única ocasión en la que tengo algún poder sobre ti es cuando no tienes los pies en el suelo.

–Eso no es verdad. Tienes tanto poder sobre mí que conseguiste que cambiara de planes y me quedara contigo en Carathia.

Rosie cerró el puño y quiso darle un puñetazo en el estómago, para molestarle. Pero encontró un músculo duro como una roca.

–¡Ay... !

Él rió.

–Nunca anuncies tus intenciones, Rosemary. Me has dado tiempo de tensar los músculos del estómago...

Rosie ya estaba a punto de preguntar adónde la llevaba cuando Gerd giró en un pasillo y entró, precisamente, en el dormitorio que había estado usando.

Una vez dentro, la dejó en el suelo.

Para entonces, Rosie ya lo había olvidado todo salvo la necesidad de acostarse con él.

–Gerd...

–Sí –dijo, con voz profunda–. Pero antes... ¿Qué te dijo el médico? ¿Ya has tomado medidas para no quedarte embarazada?

–Sí, voy a empezar a tomar la píldora.

–¿Ya has empezado?

–No, todavía no...

Gerd asintió y la besó tan apasionadamente que, cuando se volvió a apartar, los párpados de Rosie estaban tan bajos que sólo vio una línea dorada.

–Entonces, tendremos que tener cuidado.

Al parecer, los tres días de separación habían avivado el deseo más de lo que imaginaban. La primera vez, su encuentro había sido tranquilo e intensamente sensual; pero en esta ocasión se arrojaron a la cama e hicieron el amor con un apetito feroz, hasta el punto de que Rosie alcanzó el orgasmo casi de inmediato.

Y no lo hicieron una vez, sino varias más.

Un buen rato más tarde, Gerd la miró y preguntó:

–¿Qué te ha parecido, Rosemary? Como ves, la siesta se puede aprovechar en cosas mejores que dormir o leer libros.

Rosie estuvo a punto de decir que habían sido los momentos más bellos de su vida, pero se contuvo.

Gerd nunca se dejaba llevar del todo; mantenía un control férreo sobre sus emociones y sobre su pasión. Y ella estaba decidida a hacer lo mismo.

–No sé qué decir, la verdad... –murmuró.

Rosie apoyó la cabeza en su hombro.

–Anda, duerme un poco –dijo él.

Ella estaba tan cómoda y se sentía tan segura que se quedó dormida.

Cuando despertó, Gerd se había marchado.

Rosie pensó que estaba anocheciendo y se llevó una sorpresa enorme al mirar el reloj y ver que no estaba anocheciendo, sino amaneciendo.

Había dormido toda la tarde y toda la noche, sin parar.

Se estremeció, se acurrucó bajo la manta que Gerd le debía de haber echado antes de marcharse y pensó en el final de su aventura.

Pasarían un mes en aquella isla paradisíaca; un mes que sólo serviría para que se enamorara aún más de él. Y cuando terminara, se despedirían. Ella volvería a Nueva Zelanda y él, a su palacio de la capital.

Se preguntó si no sería mejor que se marchara ahora, de inmediato, antes encontrarse en una situación aún más complicada.

Pero no podía.

Su corazón ya era de Gerd.

Además, quedarse y conocer al hombre que se escondía tras la fachada del gobernante, era lo mejor y lo más valiente que podía hacer. Incluso cabía la posibilidad de que, tras conocer sus defectos, llegara a la conclusión de que era un hombre normal y corriente y dejara de mitificarlo, de tenerlo por una especie de príncipe azul.

Pero fuera como fuera, nunca tendría el amor de Gerd. Debía asumir la realidad, por mucho que le doliera, y disfrutar de lo que tenía.

Se levantó, caminó hasta el balcón y alzó la persiana lo suficiente para poder mirar la playa. La arena era tan clara que la cegó y tuvo que cerrar los ojos un momento.

Llevaba toda la vida escondiéndose de los demás. Muy pocas personas sabían que su imagen alegre y desenfadada era una simple pose, una estratagema inventada por una niña para defenderse del hecho de que sus padres no la querían. Kelt y Hani eran los únicos que conocían la verdad.

Pero ahora, durante las cuatro semanas que iba a estar con Gerd, tenía que demostrar gracia, valor y estilo. Quería ofrecerle su mejor imagen; para que más tarde, cuando se separaran, la recordara no sólo con afecto, sino también con admiración.

Respiró a fondo y se preguntó si tendría el coraje necesario para amarlo sin reservas a sabiendas de que no tenía ninguna oportunidad. Sin embargo, conocía perfectamente la respuesta. Sí, lo tenía. Y de paso, su amor le daría fuerzas para poder despedirse y desearle toda la felicidad del mundo cuando llegara el momento.

Además, se dijo que tampoco era para tanto. A todo el mundo le rompían alguna vez el corazón y todo el mundo lo soportaba, seguía adelante y más tarde, con un poco de suerte, volvían a encontrar la felicidad.

Más tranquila, se preparó para disfrutar de otra jornada.

Los dos días siguientes pasaron en una nube de placer. Las tardes apasionadas se convertían en noches apasionadas en las que Rosie descubría el sabor de la felicidad absoluta. Y con excepción de algunos momentos, conseguía olvidar que estaban condenados a separarse y se entregaba al placer en cuerpo y alma, con una intensidad de la que, hasta entonces, no se habría creído capaz.

Cuando despertó a la tercera mañana, pensó que nunca habría imaginado que se pudiera ser tan feliz. Sólo había una cosa que le molestaba: todas las noches, cuando terminaban de hacer el amor, Gerd se levantaba y la dejaba sola.

En cierto sentido, su negativa a compartir la cama con ella era un símbolo de la distancia que los separaba; una distancia que ninguna pasión, por fuerte que fuera, podía eliminar.

Entró en el cuarto de baño y se duchó. Ya se había puesto una camiseta y unos pantalones cortos cuando llamaron a la puerta.

Rosie se animó de inmediato y sonrió.

—Adelante...

Era él. Al igual que ella, llevaba unos pantalones cortos y una camiseta de algodón. Pero no se dejó engañar por el aspecto aparentemente normal de su indumentaria; con toda seguridad, era ropa de diseño.

—Vaya, Gerd... ¿Ahora te vistes como un neozelandés?

—He decidido imitarte —respondió él con una sonrisa enorme—. En Inglaterra, en la época de la Regencia, habrían dicho que eras una especie de Venus, un diamante en bruto.

Ella soltó un suspiro dramático, muy exagerado, y se acercó a él.

—¿Sabes mucho de la época de la Regencia?

—Bastante. Es un periodo que me interesa mucho... cuando la vieja aristocracia se vio obligada a dar paso a los industriales ricos. El proceso no estuvo exento de tensiones, pero los británicos lo solventaron con creatividad.

—¿Sólo es curiosidad o te interesa por algo más concreto? ¿Crees que esa época tiene alguna relevancia para Carathia?

—Sí, creo que sí —respondió—. Pero cambiando de tema, ¿te gustaría salir a navegar?

—¿Ahora?

Gerd sonrió.

–¿Por qué no? En el yate hay comida... María ha llevado tanta que podríamos alimentar a todo un ejército. Te llevaré a una bahía en la que se alzan las ruinas de un antiguo templo griego dedicado a Afrodita. Está en muy buen estado; en primer lugar, porque los romanos lo rehabilitaron en su momento y, en segundo, porque los cristianos lo convirtieron más tarde en una iglesia dedicada a la Virgen.

–¿En una iglesia?

–Bueno, ya no se utiliza para el culto –explicó–. De hecho, María dice que las parejas tienen la costumbre de ir allí y dejar ofrendas de flores para que Afrodita les conceda la felicidad en el amor.

A Rosie le encantó la idea.

Un sacrificio de amor. Tal vez debía intentarlo.

–Está bien, salgamos a navegar.

Gerd la tomó de la mano.

–Ven, sígueme.

El yate era pequeño, perfectamente manejable entre dos personas. Rosie se acordó del hombre alto y fuerte que los había acompañado cuando salieron a cenar y dijo:

–¿No necesitas guardaespaldas en el mar?

Gerd la miró.

–No, aquí no.

–Me alegro. La verdad es que me siento muy incómoda cuando vamos en el coche y tengo que hablar contigo como si el conductor y el guardaespaldas no estuvieran presentes –le confesó con humor.

–No te preocupes por ellos. No les interesa lo que decimos.

Ella asintió.

–Sí, ya lo sé, pero aunque mi madre se empeñó en que recibiera una educación decente, no me enseñó a comportarme delante de los guardaespaldas.

–Es muy sencillo, Rosemary. Sólo tienes que dejar que hagan su trabajo, sin interferir –declaró–. Por cierto, ¿puedes hacerme un favor? Me he dejado las gafas de sol en el camarote principal, en uno de los estantes. ¿Podrías ir a buscarlas?

–Por supuesto...

El camarote principal, que hacía las veces de salón y comedor, no era un lugar especialmente lujoso; tenía una cocina americana, unos cuantos asientos de aspecto cómodo y una puerta que daba a otro camarote, que debía de ser el dormitorio.

A Rosie le extrañó que un hombre tan rico como Gerd tuviera un yate pequeño en lugar de uno grande y opulento; así que, cuando volvió a cubierta con las gafas de sol, decidió preguntárselo directamente.

Él se encogió de hombros y dijo:

–Es que me gusta navegar.

Rosie lo comprendió al instante. Con un yate mayor, habría necesitado una tripulación entera; Gerd prefería una embarcación que pudiera llevar solo, sin ayuda de nadie, porque disfrutaba de la navegación y del reto de enfrentarse a las olas y los vientos.

De hecho, no tardó en comprobar que su hipótesis era correcta. Poco después, una de las velas se enredó y Rosie se prestó voluntaria a tensarla. Cuando ya lo había conseguido, el príncipe declaró:

–Gracias, Rosemary. Pero no era necesario... el barco está preparado para que lo lleve una persona sola.

Rosie se alegró mucho porque se le ocurrió que si el barco estaba pensado para uno solo, no llevaría en él a sus amantes. Pero evidentemente, eso no significaba nada; Gerd sólo se refería a manejar el yate, que por otra parte tenía espacio de sobra para dos.

Cuando cayó en la cuenta, su alegría se transformó en depresión. Sin embargo, intentó convencerse de que debía disfrutar del momento sin pensar en lo demás.

Su corazón corría un peligro grave con Gerd, pero eso era mejor que nada. A fin de cuentas, la tranquilidad y la seguridad de la vida que Rosie había llevado durante años sólo había servido para que se sintiera vacía.

Capítulo 6

EL TEMPLO era tan bello que Rosie se quedó sin aire. Como lo habían rehabilitado, sus proporciones, sus líneas y hasta el color blanco del mármol seguían siendo tan elegantes y se encontraban en tan buen estado como si no hubieran pasado dos mil años por él.

–Es... es sublime –acertó a decir.

Gerd soltó la cadena del ancla y se giró hacia ella. Rosie se había acomodado en el asiento del puente de mando, que se encontraba por encima de él. Y tuvo una visión tan perfecta de sus piernas que se excitó.

Cada una de las células de su cuerpo recordó la fuerza de aquellos muslos cuando se cerraban a su alrededor, y la deseó con una intensidad que lo obligó a apretar los puños. Rosemary le pareció la personificación de la diosa Afrodita, con todas sus curvas y su piel brillante bajo la luz del sol.

Si hubiera sido posible, le habría hecho el amor en ese mismo momento.

Se sentía como si la diosa le estuviera tomando el pelo.

–Levantaron el templo en este sitio porque la mitología dice que Afrodita nació en el mar –explicó él.

–Pues debe de tener una vista increíble desde allí

–dijo ella, alzando la mirada–. ¿Se puede subir desde la playa?

–Hace mucho calor...

–Eso no importa. Pero no sé si mi calzado será adecuado...

Gerd miró sus zapatillas y dijo:

–Servirá.

El sendero que subía desde la bahía era estrecho y empinado, pero afortunadamente se encontraba a la sombra de los olivos en la mayor parte del trayecto.

Antes de que empezaran a subir, el príncipe quiso dar a Rosie la oportunidad de cambiar de opinión.

–Si te parece demasiado empinado, podríamos venir otro día. Se puede llegar en coche, por una de las carreteras de la costa.

–No... estoy segura de que puedo subir. Pero si me equivoco, tendrás que llevarme tú. Si no es mucho pedir, claro –bromeó.

Gerd soltó una carcajada.

–Si no eres capaz de llegar al templo por tus propios medios, estaré más que encantado de llevarte en brazos.

Rosie empezó a subir sin ningún problema. Pero fue una pequeña tortura para él, porque caminaba detrás y disfrutaba de una vista altamente tentadora de sus piernas y del movimiento de su cadera.

–Estás en buena forma –observó Gerd.

Rosie le lanzó una mirada por encima del hombro.

–Lo estoy, así que no tienes que caminar detrás por si me caigo o me desmayo... Mi casera, la señora Harley, tiene un perro bastante grande. Es una anciana que goza de buena salud; lo saca a pasear todos los días, pero el perro necesita algo más que unos cuantos paseos cortos, de modo que me lo llevo por las mañanas, subimos al One Tree y volvemos.

Gerd se acordó del One Tree, uno de los muchos volcanes extinguidos que había en Auckland. Era alto, estaba cubierto de hierba y aún tenía los restos de un antiguo fuerte maorí; subirlo debía de ser un ejercicio excelente para el perro y para ella.

–¿Has pensado alguna vez en marcharte de Auckland?

Rosie lo miró con sorpresa.

–Si tuviera un buen motivo, supongo que me marcharía. No es que Auckland me disguste, aunque adoro Kiwinui. Siempre ha sido mi sitio ideal.

Gerd se preguntó si Kiwinui era su sitio ideal porque era un lugar indiscutiblemente bello o porque Kelt vivía allí. Pero esa pregunta le llevó a otra, sobre él mismo: ¿la había invitado a la coronación porque Rosie era miembro de su familia? ¿O porque sentía algo por ella?

Unos segundos después, llegaron a la cima del monte y Gerd tuvo que dejar sus pensamientos para otro momento. Rosie se mostró muy interesada por el templo y se dedicó a formularle todo tipo de preguntas.

Tras las explicaciones generales, ella señaló el pueblo que se veía en la distancia y dijo:

–Supongo que ese camino de allí es el que llevaba originalmente al templo...

–Sí, claro. Si alguna vez venimos por carretera, dejaremos el coche en el pueblo y vendremos por él.

–Me asombra que siga en buen estado después de tantos siglos.

–Bueno, es que se usaba mucho hasta hace unos años y se reparaba con frecuencia. Lo utilizaban para las procesiones, cuando el templo todavía era lugar de culto.

–¿Qué son esos arbustos que crecen en el barranco?

–Me alegra que lo preguntes, porque son familiares lejanos del *pohutukawa* que crece en las playas de Nueva Zelanda... son arrayanes y se supone que se plantaron en honor a Afrodita. De hecho, florece en esta época y da unas flores blancas de aroma muy suave.

En el tono de voz de Gerd había algo tan sexy que a Rosie se le erizó el vello de la nuca. Desesperada, se dijo que no sabía cómo enfrentarse a él. No la estaba tocando, pero lo notaba en la piel como si tuviera el poder de acariciarla en la distancia.

Era demasiado para ella. Sobrecargaba todos sus sentidos.

Se volvió hacia el templo, intentando tranquilizarse un poco, y se preguntó si Gerd llevaría allí a todas sus amantes.

–¿Podemos entrar? –preguntó.

–Por supuesto. El templo está en buenas condiciones. Hace poco lo sometieron a una rehabilitación respetuosa con su historia.

Rosie lo miró y entró en el templo, completamente vacío.

–Supongo que tú tuviste algo que ver con ello...

–Sí. Precisamente he creado una fundación que se encarga de mantener los monumentos de Carathia –explicó.

Gerd le contó que recientemente habían recuperado una estatua de mármol de la época del templo.

Por lo visto, llevaba tantos siglos desaparecida que todos pensaban que era un mito, pero un campesino se la había encontrado en su olivar, al cavar un hoyo.

–La habían enterrado tan cuidadosamente que está casi intacta –concluyó.

–¿Y dónde está ahora?

–En uno de los museos de la principal ciudad costera de Carathia –respondió–. Se tuvo que llevar allí por seguridad, para que no la robaran.

–Sí, imagino que el robo de obras de arte es un peligro habitual...

–Lo es. Hay personas extraordinariamente ricas capaces de hacer cualquier cosa y de pagar cualquier suma con tal de ser propietarios de objetos tan bellos y únicos.

Rosie asintió.

–He leído bastante al respecto, pero me asombra que se pueda ser tan canalla.

–Bueno, ellos creen que lo hacen por amor a la belleza...

–Pero tú no estás de acuerdo.

–No, en absoluto –dijo con seriedad–. Al igual que tú, creo que lo hacen por el deseo de poseer algo que no tiene nadie más.

Gerd señaló un pedestal vacío, donde alguien había dejado un ramo de flores, y dijo:

–La estatua se alzaba originalmente aquí.

–¿Qué son esas flores?

–Una ofrenda. Serán de alguien que le ha pedido un deseo.

–O de alguien que quiere darle las gracias.

–Sí, también es posible. Pero ven... acércate a ver las vistas desde la parte delantera.

Las vistas eran preciosas. El mar, increíblemente azul, estaba cuajado de islas sobre las que se alzaba un cielo brillante y despejado; Gerd le dijo los nombres de todas y le señaló la costa del norte, la correspondiente al continente europeo.

–Grecia y Asia están allí, al este. E Italia, al oeste.

–No sé por qué, pero de repente hecho de menos mi tierra...

Gerd la miró con intensidad.

–Tal vez sea porque Kiwinui tiene una costa parecida, con islas parecidas; pero por lo demás, no podrían ser más distintas...

Rosie sonrió y se encogió de hombros.

–De todas formas, este sitio es maravilloso –declaró–. Comprendo que te guste venir cuando estás de vacaciones.

Gerd la tomó de la mano.

–¿Qué te parece si volvemos al yate y comemos? –preguntó–. Además, hace mucho calor y necesitas beber algo.

–Sí, tienes razón.

Cuando llegaron al yate, Gerd insistió en encargarse de la comida. Le sirvió una copa de champán, se abrió una botella de cerveza y empezó a contarle historias sobre las islas que a veces le arrancaban una carcajada y a veces, un suspiro.

Después de comer, el príncipe esperó a que Rosie terminara el café para preguntar:

–¿Quieres volver a tierra firme?

–No –respondió.

–Me alegro, porque yo tampoco.

Gerd se inclinó sobre ella y la besó en el cuello.

Rosie gimió y giró la cabeza para mirarlo.

–¿Ocurre algo? –preguntó él.

Ella escudriñó sus ojos en busca de algo más que deseo, pero no lo encontró.

–No, nada.

Empezaron a acariciarse con pasión. Esta vez fue algo lánguido pero intenso. Gerd la excitó hasta que Rosie ya no pudo más y, entonces, la llevó al otro camarote, que efectivamente resultó ser el dormitorio.

El clímax fue tan dulce y largo que Rosie tuvo que cerrar los ojos con fuerza para esconder sus lágrimas. Y cuando ya descendía de la cumbre del placer, el príncipe empezó de nuevo y la llevó a un segundo orgasmo que la dejó temblando.

En ese momento no hubo otro mundo para Rosie que Gerd.

Lo único que existía eran sus brazos, que la abrazaban con cariño.

Y cuando por fin se quedó dormida, él seguía con ella, a su lado.

Despertó al cabo de un rato y admiró a su acompañante, que también se había quedado dormido. Era la primera vez que se quedaba con ella, así que aprovechó la ocasión para disfrutar de la belleza de sus rasgos sin temor a que Gerd se diera cuenta.

Se fijó en la arrogante forma de su nariz, en la fuerza de su mandíbula, en la belleza y la energía de su boca.

Y cuando terminó con su cara, pasó admirar las largas y potentes líneas de su cuerpo, de un cuerpo que sabía llevarla a un paraíso donde el placer era lo único importante y ella no tenía más remedio que rendirse a su hechizo.

Su corazón se aceleró y sus pezones se endurecieron, anhelando el contacto de sus manos y de su boca.

Sin pensar, llevó una mano a su estómago y lo acarició. Gerd se movió en sueños, pero siguió dormido y ella retomó la exploración.

Justo entonces, notó que tenía una erección y se excitó más. Incapaz de contenerse, y dominada por una combinación extraña de timidez y deseo insaciable, cerró una mano alrededor de su sexo.

Estaba caliente y era suave y duro. De hecho, se ponía más duro por momentos.

Lo miró a la cara y vio que seguía dormido, de modo que decidió seguir adelante.

Apretó la mano un poco más. En ese momento preciso, Gerd abrió los ojos y se movió tan deprisa que Rosie no pudo hacer nada salvo dejarse llevar cuando la penetró.

—Rosemary...

Alcanzaron el orgasmo casi al mismo tiempo. Pero un segundo más tarde, Gerd murmuró algo en el idioma de Carathia, se apartó de ella y se sentó en el borde de la cama con gesto de preocupación.

Rosie también se sentó. Miró la espalda del príncipe, que mostraba las huellas de sus uñas, y comprendió el motivo de su enfado.

—Oh, Dios mío. Acabamos de hacer el amor...

—Sin protección alguna —dijo él, muy serio—. A no ser que ya hayas empezado a tomar la píldora, claro.

—Empecé, pero me temo que olvidé tomar la que

me tocaba. Lo siento muchísimo, Gerd... no sé cómo
ha podido pasar –le confesó.

–¿Las tienes aquí?

Ella sacudió la cabeza.

–No, me he dejado la caja en el cuarto de baño de
la mansión.

Rosie se sintió completamente ridícula. Estaba tan
entusiasmada con Gerd que había olvidado todo lo demás.

–Entonces, existe la posibilidad de que te quedes
embarazada... –dijo él.

–Sí, supongo que sí –admitió–. Perdóname, Gerd.
Yo no sabía que...

–¿Qué es lo que no sabías? ¿Que me ibas a hacer
el amor estando dormido? –preguntó, con expresión
inescrutable–. En fin, qué se le va a hacer... no ha sido
culpa tuya.

Rosie no dijo nada. Se limitó a acariciarlo.

–Todavía nos cabe una opción –continuó el príncipe–. La píldora del día después...

–Preferiría no tener que tomarla –dijo ella–. ¿No
podríamos conseguir una prueba de embarazo, para
estar seguros?

–Sí, podría pedir que nos envíen una desde la capital. Serán discretos.

–Lo siento muchísimo...

Él sonrió.

–¿Por qué lo sientes? ¿Por darme la mejor relación
sexual que he tenido en mi vida?

Rosie se ruborizó.

–Pero si te ha faltado poco para decir qué te he vio-
lado mientras estabas dormido... –protestó ella.

–No pretendía decir eso, Rosemary. Sólo quería decir que ha sido tan repentino que yo tampoco he tenido ocasión de pensar –puntualizó–. Será mejor que nos vistamos y que volvamos a la casa.

Gerd levó anclas y zarparon inmediatamente.

Cuando ya habían llegado a la casa, le dijo:

–Quizás deberías entrar y tomarte la píldora.

Ella entró en la casa, encontró la caja y cerró los ojos al leer la advertencia del prospecto sobre el peligro de saltarse una de las tomas. Estuvo unos segundos en el cuarto de baño, con una mano apretada contra el pecho, y después volvió al exterior y ayudó al príncipe a amarrar el barco.

Concluida la tarea, caminaron juntos hasta la casa. La tensión flotaba en el ambiente.

–¿Quieres salir a cenar? –preguntó él.

Lo único que ella quería era encerrarse en el dormitorio y romper a llorar; pero asintió y respondió:

–Sí, me encantaría.

Aquella noche no hicieron el amor. Rosie lo entendió perfectamente porque ella tampoco se quería arriesgar sin hacer antes la prueba del embarazo y comprobar el resultado de la locura que habían cometido.

El día siguiente amaneció gris y lluvioso. Gerd había llamado a la ciudad y le habían dicho que la prueba llegaría por la tarde, después de la hora de comer.

Mientras desayunaban, Gerd dijo:

–Tengo que trabajar un poco. ¿Te importa que te deje sola un rato?

Rosie arqueó las cejas.

–No, ni mucho menos. Aprovecharé para hacerme la manicura.

–Espero que no te lleve toda la mañana...

Ella sonrió.

–No, descuida. Y no te preocupes por mí. Sé divertirme sola.

Para sorpresa de Rosie, Gerd le tomó las manos y las observó.

–A mí me parece que no necesitas hacerte la manicura. Están perfectas así; tienen un contacto tan exquisito, tan creativo...

Rosie se ruborizó tanto que él rompió a reír.

–¿Te vas a pintar las uñas?

–Tal vez.

–¿De qué color?

–Bueno, mi madre suele decir que cuando se está de vacaciones, los colores claros son los más pertinentes –respondió.

Al final, lo de la manicura no fue una excusa. Se la hizo y se pintó las uñas; de hecho, el esmalte se acababa de secar cuando su teléfono móvil empezó a sonar.

–¿Dígame?

–Podías haberme llamado para decirme dónde estabas...

Era Eva, su madre.

–¿Qué más da? Tienes mi número de teléfono –observó.

–Sí, bueno... de todas formas, no tenía nada que decirte hasta esta mañana, cuando me ha dado por leer el periódico. ¿Te das cuenta de lo que has hecho? Sales en los periódicos de medio mundo, Rosemary.

–¿Cómo?

–Lo que has oído –dijo Eva–. No pensarías que podías estar con Gerd tranquilamente sin que los paparazzi se enteraran, ¿verdad? Toda la prensa estaba esperando a que Gerd anunciara su compromiso con la princesa Serina, así que ya te puedes imaginar la que se ha armado cuando han publicado esas fotografías.

Rosie temblaba tanto que tuvo que agarrar el teléfono con todas sus fuerzas.

—Pero si no había fotógrafos en...

—Claro que los había —la interrumpió—. Y al menos uno de ellos consiguió fotografiaros y vender su trabajo a todos los periódicos de Nueva Zelanda. He hablado con un amigo de Londres y me ha dicho que allí también lo han publicado. Por supuesto, han tenido la cautela de decir que eres prima suya, pero la fotografías son bastante... sospechosas.

—Maldita sea...

—Espero que no albergues esperanzas de casarte con él.

—Por supuesto que no.

—Bueno, algo es algo —dijo su madre—. ¿En qué estabas pensando, Rosemary? Sé que Gerd siempre te ha gustado, pero el príncipe estaba más o menos comprometido con esa princesa, y cuando haya visto las fotografías, no le harán ninguna gracia.

Rosie se mordió el labio. Podría haberle explicado que Gerd no estaba comprometido con Serina, pero prefirió callar.

—Gracias por contármelo. Ahora tengo que marcharme.

Rosie cortó la comunicación y salió en busca de Gerd.

Lo encontró en el despacho, pero no hizo falta que

se lo contara, porque ya lo había visto. Y parecía muy preocupado.

Ella abrió la boca para decir algo. El alzó una mano y dijo:

–Tenemos que hablar.

–Mi madre me acaba de llamar por teléfono y me lo ha contado.

El rostro de Gerd se ensombreció.

–¿Qué te ha dicho?

Rosie respondió con todo lujo de detalles.

–Comprendo –dijo él–. Yo lo he sabido por el primer ministro. Me ha llamado hace unos momentos.

Por la expresión del príncipe, Rosie se preguntó si le habría dicho la verdad al afirmar que no estaba comprometido con la princesa Serina.

Pero estaba segura de que Gerd no le habría mentido.

–Acércate al ordenador, Rosemary. En este asunto hay algo más importante que unos cuantos titulares de periódicos. Será mejor que te lo explique.

Gerd le enseñó la pantalla de su ordenador, en la que aparecían las fotografías que les habían tomado. Era evidente que las habían hecho con un objetivo de larga distancia.

Por fortuna, eran bastante inocentes. Sólo aparecían juntos, de pie, aunque naturalmente iban en camiseta y pantalones cortos y ella miraba a Gerd con amor.

–¿Pero dónde han podido... ? Oh, claro, debió de ser cuando estuvimos en el templo de Afrodita –dijo ella.

–Supongo que el fotógrafo estaba escondido entre los arbustos.

Rosie se mordió el labio y dijo:

—Bueno, no es tan terrible. No estamos haciendo nada malo. Lo único parecido a un gesto de intimidad es que tú me pasas el brazo por encima de los hombros en una de las imágenes.

Gerd arqueó las cejas.

—Rosemary, cualquiera que vea esas fotografías llegará a la conclusión de que somos amantes —afirmó.

Rosie tomó aire.

—Está bien, tal vez tengas razón... pero hay algo que no entiendo. ¿Por qué es tan importante? Cualquiera diría que es un desastre nacional...

—No es ningún desastre —declaró él—. Sólo es una complicación añadida. Pero siéntate, por favor...

Rosie se acomodó en el sofá del despacho. Gerd se dirigió a la chimenea, se apoyó en la repisa y dijo, sin preámbulos:

—¿Conoces la leyenda de Carathia sobre el segundo hijo?

—Sí, la conozco —respondió ella, extrañada—. Si no recuerdo mal, es una leyenda que ya te ha creado algún problema... se extendió cuando tu abuela te confirmó como heredero. Hay quien cree que el país sufrirá un desastre si gobiernas tú, y quieren que Kelt ocupe tu lugar.

Él apretó los labios.

—En efecto. Y ya han muerto varios cientos de personas por culpa de esos cretinos.

Rosie asintió.

—Sí, recuerdo el conflicto que tuvisteis. Fue horrible, desde luego... pero, ¿qué tiene que ver con nosotros?

–¿Recuerdas lo que te he contado de la historia de Carathia?

–¿Te refieres a lo de los griegos?

Gerd sacudió la cabeza.

–No, a lo de los escandinavos –respondió–. Uno de ellos, un antepasado mío, se convirtió en rey. Su hijo mayor heredó el trono, pero poco después sufrieron la peste y una invasión de hordas bárbaras. Cuando todavía estaban luchando contra los invasores, hubo un maremoto que asoló la costa. La gente se rebeló contra el rey, pensando que estaba maldito, y pusieron en su lugar a su hermano menor.

–¿En eso se basa la leyenda?

–No del todo. En cuanto el hermano menor ocupó el trono, los bárbaros huyeron, la peste desapareció y las aguas se retiraron. Sin embargo, cuando el nuevo rey murió y lo sucedió su hijo mayor, Carathia se vio envuelta en otra guerra.

–Y lo depusieron y dieron el trono a su hermano menor...

–Efectivamente. Y el hermano menor derrotó a los nuevos invasores y tuvo un reinado largo y próspero.

–Comprendo.

–La leyenda se creó entonces y se extendió por todo el país; sobre todo por la zona de las montañas, que era la que más había sufrido por culpa de la guerra y de la peste. Como te puedes imaginar, ha sido fuente de problemas durante siglos. Hasta mi propia abuela tuvo que aplastar una rebelión instigada por su hermana pequeña.

–¿Ése es el motivo por el que Kelt vive en Nueva Zelanda?

Gerd la miró a los ojos.

–Sí. Aunque él nació y se crió en tu país, y no tiene ninguna intención de gobernar Carathia –le aseguró.

–Entonces no hay problema –dijo ella–. Pero sigo sin entender qué relación hay entre la leyenda y nosotros.

Gerd tardó unos segundos en hablar.

–Desde que se produjeron los disturbios, me han estado presionando para que me case y tenga un heredero al trono. Me han aconsejado que sería la mejor forma de asegurarme un reinado pacífico.

Rosie giró la cabeza hacia una de las ventanas y contempló el exterior. Mientras hablaban, el cielo se había despejado.

–Sigue, por favor –dijo ella–. Te escucho.

Gerd sonrió, pero sin humor alguno.

–Esas fotografías han causado furor en Carathia. El gobierno reaccionó a tiempo y no se han publicado en los periódicos de mi país, pero la gente las ha visto en las televisiones de los países vecinos, que se captan perfectamente.

–No lo entiendo. ¿Qué tienen esas fotografías de particular? Aunque piensen que mantenemos una relación, no sería la primera vez que te ven con una mujer.

El príncipe se encogió de hombros.

–Los ciudadanos de mi país son muy conservadores. Ninguna de las mujeres con las que me han visto les parecen adecuadas para casarse conmigo y convertirse en gran duquesa de Carathia –respondió.

–En tal caso, será mejor que me marche de inmediato. Así acabaremos con los rumores –se ofreció ella.

Gerd hizo caso omiso del comentario.

–La situación se ha complicado porque tú y yo somos familiares, Rosemary –continuó él–. No somos familiares directos, es verdad, pero las gentes de Carathia están acostumbradas a los matrimonios entre primos.

Ella se puso tensa.

–¡Pero si ni siquiera somos primos de verdad... !

Gerd no dijo nada.

–Explícamelo de una vez –insistió Rosie–. No entiendo adónde quieres llegar.

Gerd la miró a los ojos.

–Nos hemos metido en un buen lío, Rosemary. Te he contado todo eso porque quiero que te cases conmigo.

Capítulo 7

ROSIE se quedó boquiabierta. El destino le había jugado una mala pasada y se sentía atrapada en una situación absurda.

–¿Por qué? ¿Por qué quieres casarte conmigo?

Gerd entrecerró los ojos.

–¿Cómo me puedes preguntar eso después de lo que ha pasado entre nosotros?

Ella escudriñó su rostro en busca de alguna emoción, de algo que le indicara sus verdaderos motivos.

Pero no encontró nada.

–¿Tan terrible sería, Rosemary?

Gerd intentó acercarse a ella.

–No, no te atrevas a tocarme...

–¿Por qué? Sé lo mucho que te gusta...

Ella lo miró con expresión desafiante.

–No me toques, Gerd –insistió.

Gerd se detuvo a un metro de distancia. Pero en lugar de quedarse allí, extendió un brazo y le acarició las caderas.

–Rosemary...

Rosie tuvo que contenerse para no arrojarse a sus brazos. El contacto de Gerd había sido leve, casi imperceptible, pero más que suficiente para excitarla.

Sacó fuerzas de flaqueza y dijo:

–Lo nuestro sólo ha sido una relación sexual, Gerd. No nos hemos acostado con intención de casarnos.

–¿Que sólo ha sido una relación sexual? –preguntó él con una ironía que la molestó–. Me temo que ha sido mucho más que eso, Rosemary... Al acostarme contigo, puedo haber destrozado tu reputación.

Ella se estremeció.

–Eso es una estupidez –afirmó Rosie–. Además, ser tu amante no destrozaría mi reputación; como mucho, la mejoraría.

–Entre ciertas personas, sí... Pero ya te he dicho que las gentes de este país son muy conservadoras.

–De todas formas, yo no tengo ninguna reputación que defender –insistió ella–. Tú mismo te sorprendiste al descubrir...

–¿Que eras virgen? –la interrumpió–. Sí, es verdad que me sorprendió. Y muy positivamente, por cierto.

–¿Muy positivamente? ¿Por qué? ¿Porque te parecí más... adecuada para convertirme en tu esposa?

Rosie se dio cuenta de que estaba diciendo tonterías. Sabía que Gerd no tenía intención de casarse cuando se acostó con ella por primera vez.

Por eso, siguió hablando sin darle oportunidad de intervenir.

–No me voy a casar contigo porque hayamos sido amantes. Ni por razones de Estado.

–¿Y si estuvieras embarazada de mí? ¿Te parecería un buen motivo?

Gerd la estaba arrinconando con sus preguntas. Rosie lo miró y se preguntó cómo era posible que lo quisiera y lo odiara tanto al mismo tiempo.

Apretó los puños y respondió:

–No tienes que preocuparte por eso. Llegado el caso, podría abortar. Ya no vivimos en la Edad Media; las mujeres pueden elegir.

Gerd no se movió, pero se puso tenso.

–¿Eso es lo que querrías hacer?

–No, no querría –le confesó–. Pero por grande que sea tu necesidad de dar un heredero al país, no tienes que llegar hasta el extremo de casarte conmigo.

–No daré la espalda a mi hijo. Ni a ti.

Rosie intentó hacerle entrar en razón.

–Gerd, ni siquiera sabemos si estoy embarazada...

–Mejor que mejor. Preferiría que el mundo supiera que te dejé embarazada antes de casarnos –afirmó.

–¿Tan importante es eso?

–Para mí, no; pero lo sería para muchos habitantes de Carathia. Son gente muy religiosa y dan importancia a esos detalles.

–Pues me parece injusto. No pueden obligarte a hacer algo que no quieres –declaró con firmeza–. Si estoy embarazada, me marcharé a Nueva Zelanda y nadie lo llegará a saber. En cuanto a ti, no tendrías que darle la espalda a nadie... sobra decir que te permitiría ver a nuestro hijo cuando quisieras.

–No seas tonta, Rosemary. Si tenemos un hijo, quiero que forme parte de mi vida; no quiero esconderlo en Nueva Zelanda como si fuera un secreto del que debo avergonzarme. Además, tú no mereces algo así.

Rosie contraatacó con la mayor de sus preocupaciones, que no era precisamente la de casarse con él.

–Deberías casarte con la princesa Serina o con alguna mujer como ella. La gente se alegraría mucho más si estuvieras con una dama con los conocimientos necesarios para ser la gran duquesa del país.

–Pero yo no me quiero casar con Serina –declaró él–. Y si se lo pidiera, estoy seguro de que me rechazaría.

Rosie no dijo nada. Siempre había albergado la esperanza de que Gerd la quisiera, pero estaba convencida de que sólo le ofrecía el matrimonio porque era lo más conveniente para los dos y para su país.

–Mira, comprendo que todo esto ha sido muy repentino para ti –dijo Gerd, más relajado–. Sin embargo, he estado pensando en ello desde que llegaste.

Rosie lo miró con asombro.

–¿Por qué? –acertó a preguntar.

Él sonrió.

–Lo sabes perfectamente.

–No, no lo sé.

–Rosemary, entre nosotros siempre ha habido algo. Lo ha habido desde aquel verano en Nueva Zelanda.

Rosie volvió a mirar su rostro en busca de alguna emoción. Y una vez más, fracasó. Gerd sabía esconder sus sentimientos.

–No me voy a casar contigo porque necesites una esposa y un heredero al trono, ni porque tus súbditos se ofendan si tienes un hijo sin estar casado.

–Entonces, cásate conmigo porque me deseas.

Rosie se quedó sin aliento.

–¿Porque te deseo? Eso no es suficiente, Gerd. Desear es fácil. Desear no significa nada –argumentó.

–Ah, había olvidado que sabes muy poco del sexo y el deseo... Uno de estos días, podrías decirme por qué te has mantenido virgen tanto tiempo. Pero créeme, Rosemary; lo que tú y yo tenemos no es fácil ni carece de sentido. Es algo extraordinario. Jamás había sentido una comunión tan perfecta. Y no quiero separarme de ti –afirmó–. Sobre todo cuando no hay motivo para que nos separemos.

Gerd caminó hacia ella.

Rosie dio un paso atrás, pálida.

Él sonrió, inclinó la cabeza y la besó en la boca.

Rosie no pudo hacer otra cosa que dejarse llevar.

–Deja de resistirte a mí, cariño –dijo él mientras la abrazaba–. Te prometo que seré un buen esposo.

Rosie no lo dudaba en absoluto. Sabía que sería un buen esposo. Pero no quería casarse con él si no la amaba.

–Me pregunto si mi madre se siente así cada vez que encuentra a un amante –dijo.

Gerd la miró con ojos entrecerrados.

–No, no lo creo –dijo con frialdad–. Dudo que ella se haya resistido tanto a ningún hombre. Además, tu madre no busca el amor; tu madre busca el amor perfecto y al hombre perfecto, algo completamente imposible de encontrar.

Rosie pensó que Gerd tenía razón. Cerró los ojos y pensó que tal vez se parecía a su madre más de lo que había imaginado.

–Está bien, como quieras. Si estoy embarazada, me casaré contigo.

–Te casarás conmigo aunque no lo estés.

Gerd la besó nuevamente y la llevó al sofá, donde se tumbaron.

Esta vez, ella no se resistió. Se entregó al deseo con tanta pasión como él, abierta y voluntariamente, sin poder hacer otra cosa que sentir.

Al cabo de un rato, Gerd murmuró:

–Te necesito. Aquí. Ahora.

Ella susurró:

–Sí...

Rosie llevó una mano al cuello de su camisa y se la empezó a desabrochar. Después, le acarició el pecho y descendió hasta su estómago.

–Espero que tengas preservativos...

Gerd la miró con humor.

–Descuida. Ahora tengo preservativos en todas las habitaciones de la casa.

El príncipe la besó de nuevo, la dejó tumbada en el sofá y le quitó la camiseta.

Ella se estremeció de placer.

–Me encanta que no sepas ocultar tus emociones –dijo Gerd–. Si lo hicieras, me sentiría en desventaja...

Rosie esperaba que Gerd le quitara el sostén; pero en lugar de eso, se puso de rodillas en el suelo y la besó dulcemente en el cuello. Sólo entonces, le quitó la prenda, descendió un poco y le succionó un pezón.

Rosie se excitó aún más. Y cuando sintió que le metía una mano entre las piernas, arqueó las caderas sin poder evitarlo.

Gerd la miró con hambre y la despojó del resto de la ropa, convirtiendo el proceso en una tortura lenta que desesperó a Rosie y le hizo soltar un gemido que era una mezcla de frustración y apetito insatisfecho.

Sin embargo, él tampoco podía esperar mucho más.

Se levantó, se desnudó y la penetró.

Hicieron el amor con más pasión que nunca. Rosie alcanzó el orgasmo, y ya se estaba acercando a otro cuando Gerd echó la cabeza hacia atrás y se deshizo en ella, incapaz de refrenarse más tiempo.

Abrazada a él, Rosie contempló el futuro y aceptó la amarga verdad.

Se había enamorado de él cuando era poco más que una niña, y sabía que Gerd era el único hombre con el que podía estar.

Si rechazaba su oferta de matrimonio, se condenaría.

Aunque encontrara a otro hombre, aunque aprendiera a vivir con él y consiguiera tener una vida más o menos feliz, siempre habría un vacío en el fondo de su corazón.

Justo entonces, Gerd se estiró y dijo:

—Soy demasiado grande para hacer el amor en un sofá...

Ella soltó una carcajada.

—Si vas a hacer de esto una costumbre, será mejor que compres un sofá más grande —le recomendó.

Él se limitó a mirarla a los ojos.

—¿Y bien? ¿Qué decides?

—Pensé que ya habías tomado la decisión por mí.

Gerd se encogió de hombros.

—Esperaba que entraras en razón, pero si no es así, te advierto que me has dado armas más que adecuadas para usarlas contra ti —afirmó, mirándole los pechos.

—¿Por qué te empeñas en que tomemos una decisión ahora? ¿Por qué no esperamos a saber si estoy embarazada?

Gerd respondió con absoluta tranquilidad.

—Porque si esperamos hasta entonces, siempre pensarías que te ofrecí el matrimonio porque era lo más conveniente para el niño. Y eso no es bueno en ningún matrimonio.

–¿Y qué te hace pensar que seré una buena esposa, una esposa adecuada para tu cargo?

Él sonrió con ironía.

–Yo no me planteo las cosas de ese modo. No me planteo si eres adecuada o si dejas de serlo. Pero en cualquier caso, te conozco... Eres inteligente, apasionada, firme, dura, sensible y haces el amor como un ángel. Por si fuera poco, te he visto con el hijo de Kelt y de Hani y sé que los niños te gustan. Además, me deseas. Creo que seríamos felices y que nuestros hijos también lo serían.

–Gracias por los cumplidos, Gerd. Pero, ¿crees que el matrimonio también sería bueno para mí? –preguntó con sinceridad.

–Me pregunto si algún hombre se habrá tenido que enfrentar a tantos obstáculos como yo por el delito de querer casarse –ironizó–. Te vas a casar conmigo, cariño mío. Te vas a casar conmigo porque lo deseas y porque yo sé que lo deseas.

Rosie asintió.

–De acuerdo, me casaré contigo. Pero con una condición... o mejor, con dos.

–Adelante, te escucho.

–En primer lugar, quiero que me seas fiel. Y en segundo, quiero que siempre seas sincero conmigo.

–Lo seré. Pero tú también tendrás que serlo conmigo.

–Por supuesto.

En ese momento oyeron un ruido y Rosie se alarmó.

–Oh, Dios mío, deben de ser los que traen la prueba

de embarazo... Pero no es posible, es demasiado pronto...

Rosie se empezó a vestir a toda prisa.

–Tranquilízate; no te preocupes sin motivo –dijo él–. Pase lo que pase, te aseguro que estaré a tu lado y te apoyaré.

Media hora más tarde, Rosie salió del cuarto de baño. Gerd la estaba esperando en su dormitorio.

–No estoy embarazada. La prueba ha dado negativo, así que ya no es necesario que nos casemos –afirmó.

–¿Es que no has entendido nada de nada, Rosemary? Nos vamos a casar de todos modos. Me lo prometiste.

–Pero si ya no hay necesidad... –protestó.

–Es demasiado tarde. Ya me he puesto en contacto con mi secretario de prensa; la noticia de nuestro compromiso saldrá en los medios de comunicación dentro de unas horas. He redactado un comunicado, pero necesito que verifiques algunos hechos.

Rosie lo miró con incredulidad.

–¿Por qué me has hecho esto?

–Porque estoy seguro de que si hubiera esperado, te habrías echado atrás y habrías hecho todo lo posible para que yo cambiara de idea.

Ella apretó los puños.

–No tenías derecho, Gerd...

–Has dicho que te casarías conmigo en cualquier caso –le recordó–. Pero no te preocupes; no tendrás que hablar personalmente con la prensa.

–Pero esto es tan repentino, tan...

Rosie no terminó de hablar. Sabía que ya no tenía

remedio. A partir de entonces, su vida estaría dedicada a Carathia.

Sólo se podía salvar con un milagro. Pero los milagros no existían.

–De todas formas, ¿por qué esperar? –continuó él–. A estas alturas, todo el mundo sabe que estamos juntos. Es mejor que sepan que nos vamos a casar.

Rosie permaneció en silencio unos segundos. Después, dijo:

–Supongo que debería llamar a mi madre.

–No te preocupes; acabo de llamar a tu madre, a Kelt, a Hani y, por supuesto, a Alex. Ninguno parecía sorprendido... te envían todo su cariño y sus mejores deseos. De hecho, tu madre me ha dicho que llegará a Carathia dentro de un par de días.

–¿Va a venir? –preguntó, espantada.

La perspectiva de ver a su madre no le hizo ninguna gracia. Eva era perfectamente capaz de arruinar la felicidad que había encontrado.

–Sí, nos reuniremos con ella en la capital –respondió–. Pero olvídate de eso ahora... no has comido nada todavía, y María se ha enfadado conmigo por no haberle dicho antes lo de la boda. Dice que nos habría preparado algo especial.

–Está bien, vamos a comer algo. Pero en el futuro, espero que recuerdes que no me gustan las sorpresas.

Gerd frunció el ceño.

–Descuida, lo recordaré. Y ahora, vamos a tomar un poco de champán. Como no estás embarazada, puedes beber tanto como quieras...

Cuando se encontraron con María, no dio señal al-

guna de estar enfadada con ellos. Sonrió de oreja a
oreja y se puso a hablar en el idioma de Carathia, que
Gerd tradujo para Rosie.

—Nos desea una vida larga y próspera con muchos
hijos guapos.

Rosie le devolvió la sonrisa.

—Dale las gracias de mi parte y dile que no estoy
segura de querer tener muchos hijos, pero que me daré
por contenta si los que tenemos son tan guapos y va-
lerosos como tú.

Increíblemente, Gerd se ruborizó. Y el ama de llaves estalló en carcajadas cuando le tradujo lo que había dicho.

A continuación, se sentaron a la mesa.

—No esperaba que anunciaras nuestro compromiso
sin avisarme antes —insistió Rosie.

—No sabía que te molestaría tanto, Rosemary. Tal
vez debería haber esperado un poco, hasta que te acostumbraras a la idea... pero pensaba que habías com-
prendido la situación. No podíamos permitirnos el lujo
de esperar.

Rosie se mordió el labio.

—Ni yo sabía que esperar uno o dos días más pudiera ser más importante...

—En eso tienes razón. No habría supuesto ninguna
diferencia —admitió él.

Gerd llenó dos copas de champán y le dio una.

—Debería haberte dicho lo que planeaba. Lo siento
—continuó.

Rosie no dijo nada.

—¿Me perdonas?

—Gerd, el matrimonio es o debería ser un acuerdo

entre iguales, entre compañeros que hablan las cosas antes de tomar una decisión.

–Lo sé, Rosemary. No volverá a ocurrir.

El príncipe la tomó de la mano y se la besó.

–Mi secretario privado llegará dentro de un par de horas. Tendremos que hablar sobre la organización de la boda, y sobra decir que quiero que estés presente en la reunión.

Rosie se estremeció. No podía creer que los acontecimientos se hubieran desarrollado tan deprisa.

–¿Cuánto tiempo tendremos que esperar hasta la boda?

–Supongo que un año, más o menos. Pero primero tendremos la ceremonia oficial de compromiso... Sería una celebración familiar, en palacio; pero a todos los efectos, será el principio oficial de nuestra relación.

El secretario privado de Gerd resultó ser un hombre delgado, de mediana edad, que saludó a Rosie con una sonrisa y la miró con detenimiento. Probablemente esperaba que fuera más alta y más elegante; pero si lo esperaba, no dijo nada al respecto.

Tras discutir sobre los plazos de la boda, en lo que se mostró de acuerdo con ellos, miró a Rosie y dijo, con una sonrisa benigna:

–En un año tendrá tiempo suficiente para aprender el idioma de Carathia y acostumbrarse a nosotros, señorita Matthews. Pero me temo que va a estar muy ocupada, así que será mejor que empecemos cuanto antes.

Cuando terminaron la reunión, el secretario se retiró a una sala contigua para dar los últimos retoques al comunicado oficial.

–Debemos tomar unas cuantas decisiones antes de que aparezca tu madre –declaró el príncipe.

–¿Decisiones?

Gerd sonrió sin humor.

–Sí, sobre cuándo y cómo os vais a ver...

–Esas cosas carecen de importancia para mí. Yo no organizo mi vida con antelación, y mi madre tampoco.

Gerd asintió.

–Entonces, tenemos que decidir dónde vas a vivir hasta la boda. Sugiero que te mudes a la casa que Kelt tiene en la capital. Mi hermano está de acuerdo, pero obviamente, la decisión es tuya. Si lo prefieres, te buscaré otra residencia.

Rosie palideció.

–Por Dios, Gerd, esto no va a funcionar. ¿Buscarme otra residencia? Yo no sabría qué hacer en una mansión para mí sola... No estoy acostumbrada a tu mundo.

–Tranquilízate, Rosemary. ¿Qué le ha pasado a tu coraje? Siempre te admiré por lo valiente que eras.

Rosie lo miró con expresión desafiante.

–Ya, bueno... ser valiente es mucho más fácil cuando no te juegas tu futuro.

A pesar de sus palabras, los halagos del príncipe sirvieron para que Rosie se tranquilizara un poco.

–Me niego a creer que la jovencita directa y aguerrida que conocí en Nueva Zelanda se haya transformado en una mujer cobarde. Además, esto no es negociable. Esta mañana me prometiste que te casarías conmigo. Yo acepté tu palabra y actué en consecuencia. Ahora no nos podemos echar atrás.

Rosie lo maldijo para sus adentros. Sabía que Gerd

tenía razón; pero por otra parte, lo deseaba tanto que le habría prometido el matrimonio o cualquier otra cosa que le pidiera.

–Entonces, no se hable más –continuó él–. Necesitarás un secretario que te enseñe las normas de etiqueta. Creo que conozco a la persona adecuada, aunque la última palabra es tuya.

–¿Vuestro idioma es muy difícil de aprender?

–Sí, es difícil –admitió–, pero no imposible. Recibirás lecciones y lo oirás constantemente. No te preocupes por eso. Lo aprenderás antes de lo que piensas.

–No me preocupo por eso –se defendió–. Pero, ¿por qué tenías que presionarme? ¿Tan necesitado andas de una esposa? Y aunque así fuera, ¿por qué yo? Seguro que hay cientos de mujeres más adecuadas para casarse contigo y más capaces de asumir el papel. ¿Por qué me has elegido a mí?

Gerd le dedicó una mirada que habría bastado para aplastar cualquier duda; pero debió de notar su inseguridad, porque su voz sonó casi cariñosa cuando dijo:

–Tú sabes por qué.

–¿Porque nos llevamos bien en la cama? ¡Dios mío, Gerd! ¡Jamás habría imaginado que fueras tan superficial!

Capítulo 8

LA IRONÍA de las palabras de Rosie deberían haber bastado para quebrar la frialdad de Gerd, pero no fue así.

–No, no ha sido sólo por eso. Creo que, cuando te acostumbres a la idea, serás una gran duquesa excepcional.

El príncipe extendió un brazo, le apartó el pelo de la cara y añadió:

–Además, tú y yo nos llevamos mucho más que bien en la cama. Somos absolutamente sensacionales.

Rosie cerró los ojos.

–No te atrevas a usar el sexo en mi contra –le advirtió.

Gerd le cubrió la cara de besos. Tan dulces y suaves que casi ni los sintió.

–¿Por qué no? Parece que el truco funciona... Pero seré justo; te concedo el derecho de usarlo contra mí cuando te parezca adecuado. Sospecho que lo disfrutaré.

Rosie abrió los ojos otra vez, excitada por sus caricias y por su aroma, tan intenso y particular que se bastaba para acabar con su sentido común.

A pesar de sus protestas, no se sentía con fuerzas para llevarle la contraria.

Estaba con Gerd, el hombre al que amaba.

Y además de amarlo, confiaba en él. Y además de confiar en él, no deseaba otra cosa que ser su esposa y darle hijos.

Pensó que, con tiempo, Gerd aprendería a amarla. Pero de momento, tendría que contentarse con lo que tenía. A fin de cuentas, muchas mujeres habrían dado cualquier cosa, lo que fuera, por mucho menos.

Por otra parte, también sabía que el príncipe sería un buen padre. Ni él ni ella habían tenido una infancia feliz; los padres de Gerd habían fallecido cuando él era muy pequeño y, en cuanto a los suyos, no habían sido precisamente un modelo a seguir. Pero quizás por eso, harían todo lo necesario para que a sus hijos no les faltara el cariño.

–Creo que será mejor que nos abstengamos de hacer el amor hasta que estés segura de que no te puedes quedar embarazada –dijo él, de repente.

–Sí, supongo que sí... –afirmó–. Pero dime una cosa, Gerd; ¿por qué tiene que ser todo tan complicado?

Gerd respondió sin dudar.

–Porque la vida es complicada y porque los seres humanos la complicamos aún más con nuestra irracionalidad y nuestras pasiones.

Rosie lo miró a la cara y pensó que él también era más complejo que la mayoría de los hombres.

Estaba perdidamente enamorada de él. De eso no había duda. Y hasta cabía la posibilidad de que él lo supiera.

Se giró hacia el balcón, contempló el mar increíblemente azul y se preguntó qué pasaría si no llegaba a quererla nunca. Durante los últimos días, había aprendido que Carathia era lo más importante para el príncipe. Desde un punto de vista puramente pragmático, era más conveniente que no la amara; así podría concentrar todos sus esfuerzos en el país y en sus habitantes.

Por una parte, la idea le resultaba dolorosa; por otra, no podía negar que la relación sexual que mantenían era fantástica. Y en cualquier caso, ella no era como su madre. No estaba buscando el amor perfecto. No estaba buscando un príncipe azul.

O eso creía.

Se giró nuevamente hacia él y lo miró. Aún podía huir, marcharse de Carathia y olvidarlo todo; pero no sabía si tenía fuerzas para eso.

–Intentaré no decepcionarte –dijo Gerd.

En ese momento, Rosie supo que aceptaría cualquier acuerdo que le propusiera. Era suya. Siempre lo había sido.

–Y yo intentaré no decepcionarte a ti.

Gerd asintió.

–¿Qué hacemos ahora? –preguntó ella.

–Volver a la capital.

–¿Tenemos que volver? ¿No podemos quedarnos aquí? –preguntó.

–Preferiría quedarme, pero no es posible.

–¿Por qué?

–Para empezar, porque mañana por la mañana tienen que hacernos las fotografías oficiales. Mi secretario ya se ha encargado de seleccionar tu ropa, para que puedas elegir lo que te parezca más oportuno. Me gustaría que te pusieras algo de un diseñador local.

Gerd dejó de hablar, esperando que Rosie planteara

alguna objeción. Pero ella se limitó a asentir. Le parecía una decisión correcta.

–Dentro de tres días, cuando Alex, Hani, Kelt y tu madre hayan llegado –continuó él–, asistiremos a la ceremonia oficial de compromiso. Es un acto tradicional al que sólo van los familiares y amigos, pero también tendrás que elegir tu indumentaria... y en este caso, tendrá que ser muy formal.

Rosie lo miró con sobresalto.

–¿Tengo que ir de largo?

–No, no hace falta... pero tendrás que llevar guantes, pamela y ese tipo de accesorios. Estoy seguro de que sabrás elegir. Y si tienes alguna duda, pregúntale al diseñador; sabrá aconsejarte al respecto.

Rosie sintió un vacío en el estómago.

–Por lo que dices, parece un ensayo de la boda...

–No es un ensayo, sino una antigua tradición de Carathia. Si no lo celebráramos, habría gente que pensaría que nuestro matrimonio no es legal.

–¿Hay más tradiciones que deba conocer?

–Sí, pero no son relevantes en este momento. Tendremos que asistir a una serie de festejos durante la semana siguiente, pero las cosas se tranquilizarán después y podrás mudarte a la casa de Kelt. Ahora que lo pienso, sería conveniente que tu madre se quedara contigo uno o dos meses.

–¿Mi madre?

–Sí, tu madre. Creo que es la única que tienes, y te recuerdo que, al margen de Alex, también es tu único familiar directo.

–Comprendo... De modo que todo este asunto de la ceremonia no es más que una forma de hacer saber al pueblo que nuestras familias están de acuerdo con la boda –dijo ella.

–Sí, en parte.

–¿Sólo en parte? ¿Es que hay algo más?

Gerd se encogió de hombros.

–Bueno, esas fotografías han armado tanto revuelo que sería conveniente que nos portemos bien durante nuestras vacaciones.

Rosie entendió lo que quería decir. Por muy inocentes que fueran las fotografías que habían aparecido en los periódicos, no parecían dos prometidos sino dos amantes que ardían en deseos de acostarse.

Empezaba a estar desesperada con la situación, pero intentó encontrar la parte buena del asunto.

–Bien pensado, esto puede ser muy divertido –ironizó–. Cuando mi madre se encuentre con Alex, no se resistirá a la tentación de provocarle. Siempre lo hace, no lo puede evitar. Y Alex sabe cómo sacarla de quicio...

–No te preocupes. Alex sabrá comportarse.

–No es Alex quien me preocupa.

Gerd la miró con dureza.

–Tu madre también sabrá comportarse.

–Lo dudo mucho.

Sin embargo, Rosie se equivocó con su madre. Cuando Eva llegó a Carathia, se comportó increíblemente bien e incluso se reservó sus opiniones para la intimidad, cuando se quedaba a solas con su hija.

–Espero que sepas lo que estás haciendo –le dijo cuando la llevó a la suite que le habían asignado.

–No te preocupes por eso.

Eva la miró fijamente.

–Sé lo que es casarse con un hombre equivocado. Sinceramente, espero que a ti no te pase lo mismo.

Rosie se sintió incómoda. Su madre era una verdadera belleza, una de esas mujeres por las que no pasaban los años, pero no se podía decir que fuera la persona más adecuada para dar consejos sobre relaciones amorosas. Además, a Rosie no le gustó que pusiera su matrimonio como ejemplo; su padre había querido a Eva a su modo, y le parecía injusto que lo criticara cuando había muerto y no se podía defender.

–Descuida, no me pasará.

Eva se encogió de hombros.

–Al menos eres mayor que yo cuando me casé con tu padre. Pero tienes que comprender que si te casas con Gerd, no podrás divorciarte. Carathia no ha evolucionado mucho desde la Edad Media; la actitud de la gente, sobre todo en las montañas, es muy conservadora. Cuando tu matrimonio fracase, te encontrarás atrapada y sin posibilidad alguna de recuperar tu libertad.

Rosie quiso protestar, porque su madre parecía dar por sentado que su matrimonio con Gerd no podía tener éxito. Pero Eva siguió hablando.

–Además, ten en cuenta que tu posición social será mucho más que el glamour y el prestigio que la acompaña. También implica un gran aburrimiento.

–Yo no me aburro con tanta facilidad como tú, mamá. Y por cierto, desconocía que supieras tanto sobre la gente de Carathia...

–Tu padre estuvo muchas veces aquí durante su matrimonio con la madre de Alex. Decía que la gente de Carathia era muy interesante desde un punto de vista sociológico... hasta que encontraron esas minas, vivían en el pasado. Y por lo visto, los años de prosperidad no los han cambiado en exceso.

–Ya me había dado cuenta de eso; pero dudo que sean tan medievales y reaccionarios como dices.

Su madre volvió a encogerse de hombros.

–Bueno, piensa lo que quieras. Ya he dicho lo que tenía que decir. Ahora, infórmame sobre lo que va a pasar.

Rosie le habló brevemente de la ceremonia y de los actos a los que debían asistir con posterioridad.

–Vaya, vamos a tener una agenda muy apretada –dijo su madre–. ¿Alex también ha venido?

–Llegará dentro de una hora.

–No me mires con tanta preocupación, hija. Te aseguro que sé comportarme. Incluso con Alex.

Rosie dejo a su madre y regresó a sus habitaciones, tan decepcionada con Eva como siempre. Era como era y no iba a cambiar. No servía ni para dar cariño ni para dar consejos.

Un momento después, llamaron a la puerta.

Era Gerd.

–¿Estás bien? –preguntó, notando su tensión.

–Sí, estoy perfectamente.

El príncipe arqueó las cejas con incredulidad.

–¿Podrías venir a mi despacho, Rosemary? Me gustaría que vieras los anillos que me han enviado...

Como Rosie tardaba en responder, Gerd añadió:

–Hasta en Carathia se regalan anillos de compromiso...

–¡El anillo! Oh, claro, no había pensado en eso.

–Pues ahora tienes la ocasión de pensarlo.

Gerd sonrió, extendió un brazo y dijo:

—Anda, ven aquí...

Rosie se ruborizó levemente y se abrazó a él. Seguía alterada por la conversación con su madre, pero se relajó enseguida.

—¿Mejor?

—Sí, mucho mejor —contestó ella.

El príncipe la soltó y se dirigieron juntos al despacho.

Cuando vio los anillos, que estaban en una caja forrada de terciopelo negro, Rosie soltó un suspiro de asombro.

—Dios mío...

—Los diamantes son la piedra preciosa habitual para estas ocasiones, pero me ha parecido que los tonos dorados te quedarían mejor que los azulados, que son más fríos —comentó él—. Ahora bien, si quieres que sustituyan las piedras por otras...

—No, no, ni mucho menos... El problema es que me gustan todos. No sabría cuál elegir —le confesó.

—Bueno, podemos elegir juntos. Veamos... una piedra demasiado grande pesaría mucho y sería molesta, de modo que podemos descartar las piedras grandes.

—Me parece bien.

Gerd señaló tres de los anillos de la caja y preguntó:

—¿Te gustan estos?

—Sí.

A Rosie le pareció evidente que Gerd estaba acostumbrado a elegir joyas. Naturalmente, pensó que le habría hecho regalos parecidos a sus amantes; y como de costumbre, sufrió un ataque de celos.

—No sé... necesitamos algo especial —dijo él, mientras contemplaba los anillos–. Creo que éste es el mejor...

Rosie se llevó una buena sorpresa, porque ella habría elegido el mismo. La piedra del anillo no era grande, pero brillaba como si contuviera el corazón del verano en su seno. Tenía un tono tan intenso que los demás palidecían en comparación.

–Es precioso...

–Pruébatelo.

Rosie dudó, pero dejó que se lo pusiera en el dedo.

Gerd pensó que parecía hecho especialmente para ella. Tenía el tono perfecto para el color de su piel y de su cabello.

La miró y supo que estaba perdido. Había mantenido relaciones satisfactorias y muy apasionadas con varias mujeres, pero ninguna de ellas se parecía a Rosemary. Ella era distinta. Tenía un carácter extremadamente independiente y se enfrentaba a él siempre que lo consideraba oportuno.

Le había gustado desde el principio, desde que se conocieron durante aquel verano. Y cuando la encontró en brazos de Kelt, a la mañana siguiente de haberla besado, se sintió tan traicionado que se juró que no lo olvidaría nunca.

Pero las cosas habían cambiado radicalmente. El simple hecho de descubrir que era virgen, había bastado para derribar todas sus defensas y para despertar una especie de emoción primaria e incontrolable en él.

Rosie lo volvía loco.

–Te queda perfecto.

Gerd la tomó de la mano y se la besó.

Rosie deseó que llegara más lejos, que la besara en

la boca; pero él se contuvo, la soltó y se apartó un poco.

–Bueno, ya hemos elegido el anillo de compromiso. Ahora sólo tenemos que elegir el de la boda... ¿Alguna idea al respecto?

Rosie sacudió la cabeza.

–No sé, la verdad.

–Pues tienes que elegirlo. Es la tradición.

–Ni siquiera sabía que en Carathia llevarais anillos de casados...

–Bueno, es una tradición relativamente moderna para nosotros. Empezó cuando mi abuelo y mi abuela... a partir de entonces, todas las mujeres de Carathia quisieron imitarlos –comentó.

Rosie lo pensó un momento y dijo:

–Como el anillo de compromiso tiene una piedra de tono dorado, se me ocurre que los anillos de casados podrían ser de plata.

–Por mí no hay problema, pero tendrás que discutirlo con el diseñador. De hecho, nos está esperando... además de los anillos, necesitarás otras joyas –le recordó–. ¿Te disgustaría llevar algunas de las piezas de la colección real?

–No, por supuesto que no.

Rosie lo dijo con timidez. Llevar las joyas de la colección real era más importante de lo que parecía; además, simbolizaba el cambio que iba a experimentar su vida.

–Tienes muchas donde elegir. Haré una selección para que uses las que te parezcan mejor. Algunas están algo anticuadas; es posible que necesiten algún arreglo.

El diseñador, un hombre de mediana edad, los saludó con una reverencia y les deseó toda la felicidad del mundo en su matrimonio. La elección del anillo de compromiso le pareció adecuada, y cuando Rosie le mencionó su idea sobre el anillo de bodas, sacó una libreta y un bolígrafo, hizo un diseño y se lo enseñó.

–Bueno, no estoy segura de que el grabado de las rosas sea muy oportuno –dijo ella–. Me llamo Rosemary, no Rose.

El diseñador la miró con pesadumbre.

–Oh, lo siento mucho...

Gerd intervino.

–¿Qué le parece un arrayán? –preguntó, sonriendo a Rosie–. Creo recordar que te gustaron cuando los viste en el templo de Afrodita. Y como se parecen a esos árboles de Nueva Zelanda, será como un recuerdo de tu país natal.

Rosie sonrió.

–Me parece una idea perfecta.

El diseñador asintió y dibujó otro anillo, que pasó a enseñarles.

–Sí, éste me gusta mucho más.

Minutos después, cuando se quedaron a solas, Rosie dijo:

–Ha sido una sugerencia muy inspirada.

–No es para tanto. Me acordé de que esos arbustos te habían gustado mucho... además, aquel día hicimos cosas tan bonitas que no lo podría olvidar.

Rosie volvió a sonreír.

–Sí, eso es cierto.

Cuando llegaron a la sesión fotográfica, Rosie estaba tan contenta que casi se divirtió. Por desgracia, el fotógrafo era muy exigente y pasaron varias horas antes de que se diera por satisfecho.

–Estos compromisos oficiales no me gustan demasiado –le confesó Rosie más tarde–. Pero el vestido que llevo y los que he encargado me gustan mucho... ¿quién los va a pagar?

Gerd miró el vestido de Rosie, una prenda formal y veraniega al mismo tiempo que también era obra de un diseñador local.

–Yo, por supuesto. Y no te preocupes por los compromisos; hasta ahora lo estás haciendo maravillosamente.

–No me parece bien que me pagues la ropa, Gerd.

Él la miró.

–Ya he mantenido esta conversación con tu hermano. Y francamente, preferiría no tener que repetirla contigo.

–Eh, no quiero que mi hermano y tú...

–Olvídalo, Rosemary –la interrumpió–. Te encuentras en esta situación porque yo te lo pedí, y es justo que me encargue de todas tus necesidades.

–Gerd, no vamos a llegar muy lejos si insistes en tomar las decisiones por tu cuenta sin hablarlo antes conmigo. Si soy lo suficientemente mayor como para casarme, también lo soy para participar en la toma de decisiones... aunque sean asuntos que a ti te parecen intrascendentes.

El príncipe la miró como si un cachorrito le hubiera pegado un mordisco y sonrió con ironía.

–Tienes toda la razón. Muy bien... entonces, explícame cómo te las arreglarías para comprar la ropa que necesitas si no la pagáramos Alex o yo.

Rosie pensó que se había metido un callejón sin salida. Pero respiró hondo y respondió con seguridad:

–Alex y tú sois ricos y no puedo competir con vosotros, pero tengo ahorros en el banco. Podría echar mano de ellos.

–Prefiero que guardes esos ahorros para ocasiones más importantes. No quiero que te sientas excesivamente dependiente de mí.

Rosie dudó un momento antes de hablar.

–Sé que esto te va a parecer quijotesco, pero...

–¿Qué vas a hacer? ¿Una declaración de independencia? –bromeó.

–No, ni mucho menos. Tienes razón con lo de la ropa, pero no quiero que vuelvas a tomar una decisión como ésa sin hablarlo conmigo.

Gerd asintió.

–No volveré a cometer ese error. Pero todavía nos queda un asunto que tratar. Como es lógico, necesitarás una asignación...

Rosie abrió la boca para protestar, pero él se le adelantó.

–Si empiezas a protestar, te acallaré con un beso. Y nos conocemos lo suficiente como para saber cómo terminaremos.

Rosie se ruborizó.

–Eso es juego sucio, Gerd. Y yo también puedo jugar sucio.

Gerd entrecerró los ojos.

–Cuando quieras, cariño –dijo.

Capítulo 9

ROSIE lo miró fijamente y cerró los ojos, derrotada.

–Esto es injusto, Gerd. Haces trampas.

–Y tú –afirmó él, con voz ronca y extremadamente sexy.

Rosie volvió a abrir los ojos.

–De todas formas, no me iba a oponer a lo de la asignación. Pero quiero usar mi dinero hasta que se gaste.

Gerd se encogió de hombros.

–Supongo que no vas a ceder en ese punto, ¿verdad?

–No.

–Y tampoco querrás que te presione para intentar convencerte...

–No, tampoco.

Rosie pensó que eso no era del todo cierto. Se conocía bien y sabía que en cuanto la besara, en cuanto la acariciara un poco, estaría completamente perdida y aceptaría cualquier sugerencia suya.

Sin embargo, sabía que ella estaba en lo cierto. Gerd no podía tomar decisiones en su nombre ni esperar que acatara sus deseos sin más.

–Acepto la asignación porque no me queda más remedio –dijo–, pero mientras tenga dinero, me compraré mi propia ropa.

–No, sólo la ropa que necesites para tu vida privada. La que necesites para los actos oficiales correrá de mi cuenta.

–De acuerdo –dijo a regañadientes.

Gerd frunció el ceño.

–¿Siempre vas a ser tan difícil de convencer, Rosemary?

–Sospecho que sí. Pero siempre puedes dar tu brazo a torcer...

–Ni lo sueñes.

La noche antes de la ceremonia de compromiso, Gerd ofreció una cena en palacio y le presentó a sus mejores amigos. Fue una reunión tranquila, sin brindis ni discursos oficiales, pero ella supo que la estaban evaluando.

Cuando terminaron, Gerd acompañó a Rosie a sus habitaciones y le dio un beso en la frente.

–Que duermas bien –dijo.

–Estoy un poco asustada, Gerd. ¿Qué pasará si no le gusto a nadie?

Gerd le dio un abrazo y se apartó para mirarla.

–¿Alguna vez le has caído mal a alguien?

–Sí, a Jo Green, una chica del colegio –respondió con humor–. Me insultaba y se metía conmigo.

Gerd rió.

–Dudo que eso te ocurra aquí.

–Supongo que lo que me preocupa de verdad es otra cosa. Tengo miedo de no estar a la altura, Gerd. No quiero dejarte en mal lugar.

–Nunca habría imaginado que bajo esa fachada de mujer atrevida hubiera tanta inseguridad.

Ella se encogió de hombros.

–Debes reconocer que no es una situación muy normal –afirmó–. Y no me han educado para ello...

–Confío plenamente en tus habilidades, Rosemary.

Rosie lo miró a los ojos y deseó que la besara; pero Gerd parecía decidido a mantener las distancias con ella.

–Mañana por la mañana, después de la ceremonia, la multitud se congregará delante del palacio.

–¿Para qué?

–Para desearnos felicidad, por supuesto. Saldremos al balcón del salón principal y los saludaremos. Tal vez deberías ponerte unos zapatos con tacones más altos que los que sueles llevar... de lo contrario, la balaustrada te tapará.

–No soy tan bajita –protestó.

–Eres tan alta como mi corazón –ironizó.

Rosie sonrió y cerró la puerta, pero su sonrisa desapareció enseguida. Gerd le decía cosas muy bonitas; demasiado, para no estar enamorado de ella.

Cuando entró en el dormitorio, vio que ya le habían llevado el vestido para la ceremonia, una prenda de color champán que se le ajustaba perfectamente al cuerpo y le hacía parecer más alta y elegante. También habían llevado una pamela y unos zapatos, de la altura necesaria.

Poco después, llamaron a la puerta.

Era su madre.

–¿Ocurre algo? –preguntó Rosie.

–No, nada. Ah, veo que ya tienes el vestido... me parece muy apropiado. Se ve que has heredado mi buen gusto. Tu padre no sabía nada de ropa.

Rosie le contó que al día siguiente tendrían que salir al balcón para saludar a la multitud, pero Eva se limitó a asentir.

—Sí, ya lo sé, Gerd me lo ha dicho.

—No entiendo que la gente venga a saludarnos...

—¿Por qué no? Sienten curiosidad —afirmó—. Además, no te lo tomes como algo personal. Si tuvieras dos cabezas, les gustarías de todas formas. Lo único que esperan de ti es que des hijos a Gerd. Preferiblemente, hijos varones.

Rosie arqueó una ceja.

—Sí, supongo que sí. La sucesión del trono es lo único importante —dijo con amargura.

—Es importante para cualquier monarquía; pero para Gerd es vital.

—Lo sé. Gerd y yo discutimos la situación antes de que aceptara casarme con él. Y aunque no me hubiera dicho nada, ya es tarde para echarse atrás.

Eva la miró con consternación.

—¿Qué quieres decir con que discutisteis la situación? No insinuarás que te ha dicho que está enamorado de ti...

—No, claro que no.

—¿Y a pesar de ello has querido casarte con él? ¿Es que te ha dejado embarazada? —preguntó.

Rosie mantuvo la cabeza bien alta.

—No, tampoco.

—Vaya, y yo que te tenía por una romántica empedernida... veo que me he equivocado contigo. Eres una pragmática por los cuatro costados.

Eva sonrió con ironía y su hija le devolvió una sonrisa idéntica.

–Mamá, la romántica siempre has sido tú.

–Bueno, olvídate de mí. Y no intentes convencerme de que te vas a casar con él por el prestigio o por el dinero. Te conozco de sobra. Sé que estás encaprichada del príncipe desde que tenías dieciocho años.

Rosie deseó con todas sus fuerzas que su madre se marchara y que la dejara en paz; pero naturalmente, Eva se quedó.

Sin embargo, su madre la miró de forma extraña y dijo:

–He cometido muchos errores en mi vida. Me casé demasiado joven, pensando que tu padre me amaba, pero sólo estaba interesado en sus expediciones. Además, nunca llegó a superar la pérdida de su primera esposa... No voy a negar que estaba encantado cuando te di a luz, pero su trabajo siempre fue lo primero. Incluso el pobre Alex le parecía algo secundario.

–Lo siento mucho –dijo Rosie–. Pero eso no me va a pasar a mí.

–Mira, Rosie... Gerd es un gran hombre, todo lo que una mujer podría desear; pero está casado con Carathia.

–Lo sé.

–Espero que sea cierto que lo sabes. Porque si no es verdad, te irás amargando poco a poco mientras esperas algo que no va a ocurrir.

Aquella noche, mientras intentaba conciliar el sueño inútilmente, Rosie pensó que su madre tenía razón.

Al final, cansada de dar vueltas sin poder dormir, se levantó de la cama y se dijo que todo habría sido más fácil si no hubiera estado enamorada de Gerd.

Se acercó al balcón y contempló la oscura y silen-

ciosa ciudad, apenas iluminada por las estrellas y la
luz de las farolas.

Las palabras de su madre no la habían afectado
tanto por lo que significaban, sino porque no estaba
acostumbrada a que Eva se mostrara sinceramente
preocupada por ella. Además, su relación con Gerd se
basaba en la atracción sexual; si descontaba ese hecho,
sólo quedaba la amistad y un acuerdo matrimonial de
conveniencia.

Se preguntó qué pasaría si no podía darle hijos.

Pero ya era tarde para preocuparse por eso, de
modo que volvió a la cama e intentó dormir.

Se despertó con el sonido de las campanas, que
atronaban por toda la ciudad.

Se sentó en la cama y descubrió que le dolía la cabeza. Después se levantó, caminó hasta el balcón y
abrió un poco las cortinas.

Acababa de amanecer, pero la gente ya empezaba
a salir a las calles y se dirigía hacia el palacio.

–Oh, Dios mío...

Rosie volvió a cerrar las cortinas, para evitar que
la vieran.

En ese instante llamaron a la puerta. Resultó ser la
doncella que la ayudaba con la ropa; la saludó y le
hizo una pequeña reverencia.

–Es un día maravilloso para todos los que vivimos
en Carathia. Le deseo que sea muy feliz, *milady*.

Los nervios de Rosie empeoraron por momentos.
Se suponía que la ceremonia iba a ser para amigos y familiares, pero al final también asistieron políticos y

otros personajes importantes del país. Y todos iban de punta en blanco, como tuvo ocasión de comprobar cuando avanzó por el pasillo central en compañía de Eva, que estaba imponente con uno de esos vestidos de colores vibrantes que le quedaban tan bien.

Sin embargo, se animó un poco al ver que Kelt, Hani, el pequeño Rafi y Alex, tan taciturno como siempre, se iban a sentar en la misma fila.

La ceremonia fue corta; consistió en una bendición, el intercambio de los anillos y un beso más bien impersonal. Después se dieron algunos discursos, que claramente se referían a lo que Carathia esperaba de los futuros esposos; pero como los pronunciaron en el idioma del país, Rosie no entendió nada y se sintió más sola que nunca.

Sólo se sintió mejor cuando se alejó en compañía de Gerd y vio las caras de felicidad de los que habían estado con ellos en la cena de la noche anterior.

Durante la recepción posterior, bastó que Gerd le murmurara unas palabras de aliento para que Rosie recobrara la seguridad. Además, la mayoría de los invitados le hablaron en inglés y contribuyeron a que se relajara. Pero era evidente que tenía que aprender el idioma de Carathia. Y cuanto antes.

Al final, toda la familia se dirigió al salón principal del palacio. Se acercaba el momento de salir al balcón.

La multitud que se había congregado era tan ruidosa que Rosie comentó:

–Parece que nos esté esperando toda la ciudad...

–Casi toda –dijo Gerd–. Pero venga, vamos a salir... Por cierto, ¿cómo te las arreglas para caminar con esos tacones? –preguntó, quitándole seriedad a la situación.

–Oh, es una técnica que las niñas empiezan a aprender cuando se prueban los zapatos de sus madres por primera vez –bromeó–. Cuando llegan a la adolescencia, ya la tienen completamente dominada.

Por fin, salieron al balcón.

A Rosie se le erizó el vello de la nuca al ver la multitud, que los recibió con un estruendo. Todos y cada uno de los presentes tenían algo en la mano que blandían de forma entusiasta; unos llevaban banderines; otros, flores, y los demás, pañuelos.

El ruido era indescriptible. Quitaba el aliento y resultaba terrorífico, salvo por el hecho de que todos parecían muy contentos.

–Sonríe, Rosemary –murmuró Gerd–. Esto es en tu honor...

Rosie pensó que no era cierto. La gente no se había reunido frente a palacio por ella, sino porque querían y respetaban al príncipe y porque confiaban en que hubiera elegido a una esposa adecuada.

Pero en ese mismo momento, Rosie se prometió a sí misma que sabría estar a la altura de sus expectativas. Se convertiría en la persona que el pueblo de Carathia deseaba.

Sonrió a la multitud y dijo:

–Tonterías. Ni siquiera me conocen... Es en tu honor, Gerd.

–Ah, había olvidado comentarte que el primer ministro quiere que viajemos a las montañas la semana que viene. Los habitantes de esa zona tienen tendencia a sentirse desatendidos.

Rosie sintió una punzada en el estómago. La región de las montañas era el lugar donde había estallado la rebelión.

Sin embargo, mantuvo la sonrisa y asintió.

–Visitaremos la ciudad más importante. Y aprovechando que estamos de viaje, también pasaremos por la costa –continuó él.

–Me parece perfecto –dijo ella, mientras saludaba a la gente con la mano.

La multitud volvió a romper en vítores y aplausos y les arrojó flores y cintas de todos los colores imaginables.

Al cabo de un rato, Gerd dijo:

–Bueno, ya está bien. Volvamos adentro.

La familia real se despidió de la multitud y todos se dirigieron a las habitaciones privadas de Gerd, donde se sirvió el almuerzo.

Kelt se acercó entonces a Rosie y le dio un abrazo.

–Gracias.

–¿Gracias? ¿Por qué?

Kelt sonrió.

–Por casarte con Gerd. No me había dado cuenta hasta ahora, pero necesita a una mujer como tú. Él es demasiado autocrático y tú impedirás que se exceda. Estoy seguro de que los ciudadanos de Carathia te van a adorar.

Rosie soltó una carcajada que le sonó extrañamente distante, como si al comprometerse con Gerd le hubiera cambiado el carácter.

Miró a su alrededor y vio que Gerd los miraba con su expresión inescrutable de siempre. Sin embargo, durante un momento tuvo la impresión de que estaba enfadado.

El príncipe se acercó entonces. Kelt le dio una palmadita en el hombro y le dijo, de forma críptica:

—Ya era hora.

Gerd frunció el ceño.

—Creo que Hani te estaba buscando.

Kelt se alejó en dirección a su esposa, cuya cara se iluminó enseguida.

Rosie apartó la mirada de la pareja y comentó:

—Parece que toda la ciudad estaba delante del balcón esta mañana.

—Sí, eso parece. ¿Cómo te encuentras, Rosemary?

—Bien. La ceremonia ha servido para que comprenda que debo aprender vuestro idioma cuanto antes; y en cuanto a lo del balcón... bueno, ni siquiera tengo palabras para describirlo —le confesó—. Me he sentido querida. Y sé que no tiene sentido, porque la gente estaba allí por ti, no por mí. Pero ha sido muy agradable en cualquier caso.

—Yo no le daría mucha importancia. Los habitantes de Carathia siempre están dispuestos a festejar cualquier cosa —declaró, con una sonrisa distante—. Lo has hecho muy bien, Rosemary.

Al día siguiente, Kelt y Hani se la llevaron a la casa de la ciudad y Rosie se pudo relajar un poco con ellos y con su hijo.

—Espero que disfrutes de la casa —dijo Hani, mirando a su alrededor—. Kelt me contó que seguía siendo un edificio absolutamente victoriano hasta que él la heredó... tuvo que cambiar toda la fontanería y la instalación eléctrica; y cuando nos casamos, yo me encargué de modernizar el mobiliario y la decoración.

—Pues os quedó preciosa...

–Sí, es verdad. No nos quedamos en ella mucho tiempo porque la leyenda nos lo impide, pero es una casa muy cómoda. Y la gente de Carathia es muy amable.

–Os agradezco que me dejéis quedarme en ella. Pero os agradezco todavía más que estéis aquí, conmigo.

Hani le dedicó una sonrisa cariñosa.

–Mi querida Rosie... te vamos a echar mucho de menos, pero sé que las gentes de Carathia ya saben la suerte que tienen contigo.

Los ojos de Rosie se llenaron de lágrimas.

–Gracias, Hani... Ah, no sé lo que me pasa, yo no suelo llorar... Yo también os echaré de menos, aunque espero veros con frecuencia.

Al día siguiente, Rosie se despidió de sus amigos y de su madre, que volvía a Nueva Zelanda en el mismo avión que ellos.

–Tengo que arreglar unas cuantas cosas en casa –le informó Eva–, pero volveré en cuanto pueda.

–Sé que te estás sacrificando por mí, mamá. Gracias.

Eva la miró de forma extraña.

–Bueno, teniendo en cuenta que no me sacrifiqué mucho por ti cuando eras niña, es lógico que lo haga ahora.

Las dos mujeres se miraron durante unos segundos.

Después, Eva se encogió de hombros y añadió:

–Creo que podremos vivir juntas un par de meses sin terminar lanzándonos los trastos a la cabeza.

–Yo también lo creo. A fin de cuentas somos mujeres adultas.

–Tómatelo como un ensayo de los sacrificios que tendrás que hacer por Carathia –bromeó su madre.

Un buen rato después, cuando volvía del aeropuerto en compañía del príncipe, Rosie le confesó:

–Tal vez no sea la mejor madre del mundo ni yo la mejor hija, pero creo que nos llevaremos bien. Ha cambiado.

–¿En qué sentido? –le preguntó.

–No sé, es más cariñosa... sigue siendo tan irónica y cínica como antes, pero ya no lleva tanta amargura dentro. Y aparentemente, ni está con un hombre ni le importa.

Gerd se recostó en el asiento del coche.

–Espero que dure... En fin, ¿estás preparada para viajar a las montañas?

–Sí. ¿Crees que veremos las flores de las montañas?

–La floración suele haber terminado en esta época, pero quién sabe...

Cuando llegaron a la capital de la región montañosa, asistieron a una recepción de las autoridades de la zona, que estuvieron encantadores con ellos. Después, se subieron a un helicóptero y volaron hacia las cumbres.

–Mira allí, Rosemary...

Rosemary se asomó por la ventanilla y alcanzó a ver un macizo de flores blancas.

–Son preciosas, ¿no te parece? –dijo ella, acurrucándose contra él.

El botánico y montañero que los acompañaba, asintió y dijo:

–Son tan preciosas como resistentes. Como las montañas mismas.

Después, el hombre se giró hacia el príncipe y añadió algo en el idioma de Carathia, que Rosie, por supuesto, no entendió.

Gerd se lo tradujo.

–Ha recitado un poema local que compara la belleza de una mujer con el sol del verano, que calienta los ojos y el corazón. Y te lo dedica a ti...

Rosie se ruborizó.

–Muchísimas gracias –dijo al hombre.

Gerd y ella tuvieron ocasión de pasear un rato por las montañas y respirar el aire fresco del lugar, pero tuvieron que volver al helicóptero enseguida.

Mientras sobrevolaban el valle, se preguntó por la actitud distante de Gerd. Sabía que no se comportaba así porque no la deseara; se había dado cuenta cuando le tradujo el poema del montañero.

Aquella noche asistieron a una cena de gala con otros dignatarios del país y después se retiraron a sus habitaciones, situadas en la última planta de un hotel de lujo.

Rosie ya se disponía a acostarse cuando llamaron a la puerta.

Como cabía esperar, era Gerd.

–Adelante –dijo, esperanzada.

–Kelt te llama por teléfono. Te van a pasar la llamada a tu habitación, pero he querido advertirte antes.

–¿Por qué? –preguntó, confusa–. ¿Ocurre algo malo?

–No, pero tiene noticias para ti.

Rosie cerró la puerta y esperó a que el teléfono sonara

Sólo tardó unos segundos.

–¿Kelt?

–Hola, Rosie. Te llamo para decirte que Hani y yo estamos esperando otro bebé...

Rosie se emocionó tanto que tuvo que sentarse en el sofá.

–Oh, Kelt, eso es maravilloso... ¿Por qué no me lo dijisteis durante vuestra estancia? Tuve la impresión de que Hani podía estar embarazada, porque estaba un poco paliducha; pero pensé que sería cansancio –explicó–. ¿Para cuándo lo esperáis?

–Para dentro de seis meses –respondió con alegría.

–¿Qué va a ser? ¿Niño? ¿O niña?

–No lo sé. Ya conoces a Hani... prefiere no saber nada hasta el parto.

Rosie rió.

–Es una noticia fantástica... Me alegro muchísimo por vosotros, de verdad. ¿Puedo hablar con ella?

–Me temo que se ha ido a la cama. Estaba muy cansada –respondió–. Pero no te preocupes por ella; se encuentra bien. En cuanto vuelvas a la capital, te llamará por teléfono y podréis hablar largo y tendido.

Rosie todavía sonreía cuando Kelt cortó la comunicación. Pero enseguida rompió a llorar y sintió un nudo en la garganta.

Sentía una envidia feroz. Se alegraba sinceramente por Kelt y por Hani, pero envidiaba su suerte y lo mucho que se querían. Le habría gustado que Gerd y ella mantuvieran una relación similar, pero la suerte no estaba de su lado.

Justo entonces, la puerta se abrió.

Rosie intentó recuperar el aplomo, pero ya era de-

masiado tarde. Gerd se había dado cuenta de que llo-
raba.

–Perdóname por entrar así... he llamado, pero no
me oías. ¿Te encuentras bien? ¿Qué ha pasado?

–Nada... nada, de verdad. Es que estoy cansada.
Sólo eso.

Gerd sacó un pañuelo y se lo dio.

–Toma, sécate las lágrimas.

El príncipe caminó hasta el balcón. Rosie admiró su
figura y pensó que lo amaba con toda su alma, pero
su amor no parecía suficiente. Gerd seguía mante-
niendo las distancias; parecía decidido a alejarse de
ella.

–¿Kelt te lo ha contado? –preguntó, sin mirarla.

–Sí. Es maravilloso, ¿no crees?

–¿Por eso estás llorando?

Rosie lo miró con ansiedad.

Gerd se volvió hacia ella.

–No, por supuesto que no –respondió–. Me alegro
mucho por ellos. Hani siempre ha dicho que quería tener cuatro hijos.

Rosie quería levantarse del sofá, pero se quedó en
él porque tenía miedo de que las piernas no la sostu-
vieran. Además, no habría servido de nada. Su altura
estaba lejos de impresionar a nadie.

Entonces, Gerd dijo algo que la dejó atónita:

–Creí que ya habías superado lo de Kelt.

Capítulo 10

ROSIE tardó unos momentos en comprender que había oído bien. Y cuando lo comprendió, dijo:

–¿Qué?

Gerd se encogió de hombros.

–Es evidente que estabas enamorada de él.

Rosie se quedó pálida. Le parecía una idea absurda.

–Te admiro por haberte tomado tan bien su matrimonio con Hani –continuó–. ¿Lo aceptaste porque era la única forma de seguir cerca de él?

–¡Por supuesto que no!

–De todas formas, debes saber que no tienes ninguna opción. Kelt y Hani son mucho más que marido y mujer; son amantes y almas gemelas.

–Ya lo sé –dijo con firmeza–. Pero te estás equivocando... te estás equivocando por completo. Yo nunca he estado enamorada de Kelt.

–No me mientas, Rosemary. Lo admito todo menos las mentiras. Y por si no lo recuerdas, prometimos que seríamos sinceros el uno con el otro.

El enfado se mezcló en Rosie con una especie de esperanza salvaje.

–¡Estoy siendo total y absolutamente sincera contigo! Quiero a Kelt como el hermano mayor que nunca tuve, incluso como el padre que nunca tuve. Pero no estoy enamorada de él... ¿De dónde diablos te has sacado esa idea?

–Siempre supe que te gustaba. Pero aquella mañana, cuando salí a la terraza de la casa donde vivíamos y os vi juntos, besándoos...

Rosie palideció. No sabía si reír o llorar.

–Oh, Dios mío... Ahora lo entiendo. Pero no lo besaba porque estuviera enamorada de él, Gerd. Era un experimento científico, por así decirlo.

–¿Cómo?

–Tú me habías besado la noche anterior; yo ya tenía dieciocho años, pero era la primera vez que experimentaba algo tan intenso... Fue tan maravilloso que me sentí como transportada a otra dimensión. Y como no sabía nada sobre besos, me pasé toda la noche dándole vueltas al asunto y decidí besar a Kelt por la mañana para ver si sentía lo mismo –le confesó.

–¿Y qué sentiste? –preguntó, asombrado.

–Nada. Nada en absoluto –respondió–. Kelt se quedó perplejo, y cuando le expliqué mis motivos, rompió a reír. Pero me dijo que no me encaprichara demasiado contigo, porque yo era demasiado joven para ti.

–Oh, no... Y cuando vino a hablar contigo, pensé que estaba interesado en ti. Pero sólo quería advertirme.

–Me extraña que no te dieras cuenta, Gerd. Sobre todo cuando conoció a Hani y se enamoró de ella al instante.

–Entonces, ¿no estabas enamorada de él?

–No, claro que no. Nunca he estado enamorada de

Kelt. Entiendo que lo que viste aquella mañana te pareciera sospechoso, pero de todas formas, debiste haber sabido que Kelt sólo era un hermano para mí.

–No sé, en su momento me pareció bastante lógico. Kelt había cuidado siempre de ti y pensé que lo tenías por una especie de héroe. Además, sabía que lo querías mucho...

–Y lo quiero, sí, pero no en ese sentido.

–Si eso es cierto, ¿por qué te pusiste tan triste cuando Hani y él se marcharon después de la ceremonia?

–Porque son amigos míos y los quiero mucho. En realidad, son parte de mi familia...

–¿Y por qué estabas llorando hace un momento? Sé que Kelt te ha llamado para decirte que Hani está embarazada.

Rosie consideró la posibilidad de decirle la verdad, pero no se atrevió.

–Eran lágrimas de felicidad. Bueno, y de tristeza por estar lejos de ellos.

–Si quieres, puedes marcharte –dijo él con brusquedad.

–¿Marcharme? ¿Adónde?

–A casa –respondió.

Rosie sintió una angustia profunda.

–Pero no me puedo marchar...

–Claro que puedes. Me encargaré de que te preparen un avión para mañana. Sé que lo nuestro no va a salir bien, así que será mejor que nos separemos antes de que sea demasiado tarde.

Rosie se quedó mirando a Gerd, sin saber qué decir.

El príncipe pegó un puñetazo a la pared.

–Márchate, Rosemary. Márchate antes de que...

–¿Antes de qué?

–No importa. Llamaré a tu doncella y...

Rosie no se rindió. Aquello era demasiado importante.

–Necesito saberlo, Gerd. ¿Antes de qué?

–Antes de que nos odiemos el uno al otro –respondió, sin mirarla.

–Gerd, dime una cosa, por favor... Y recuerda que nos prometimos sinceridad. ¿Qué sientes por mí?

Gerd la miró, pálido.

–Quieres torturarme hasta el final, ¿verdad? –dijo él–. Muy bien, supongo que mereces saberlo... Estoy enamorado de ti, Rosemary.

Rosie sintió una alegría tan abrumadora que no fue capaz de hablar.

–Te amo tanto que he sido capaz de pasar por encima de mis principios para obligarte a aceptar un compromiso que no querías y una vida que detestabas –continuó él–. Intenté convencerme que no podías desearme tanto si no sentías algo profundo por mí, pero estaba dispuesto a aceptar cualquier cosa.

–No lo entiendo, Gerd; no entiendo nada. Si es verdad que me amas, ¿por qué quieres que me aleje de ti?

Capítulo 11

PORQUE te amo tanto que no puedo soportar la idea de verte infeliz. Tus lágrimas me rompen el corazón –respondió él, con su tono más arrogante–. Además, he empezado a odiarme por haberte colocado en una situación que te disgusta. Estoy dispuesto a liberarte de tu promesa, Rosemary. Te deseo toda la felicidad del mundo.

–¡Maldito idiota! –exclamó Rosie–. Estaba llorando porque Hani se ha quedado embarazada y es feliz y yo no.

–¿Cómo?

–Los envidio con toda mi alma, porque siempre he deseado que tú y yo tuviéramos lo mismo. ¡Estoy enamorada de ti, Gerd! ¿Cómo es posible que no te hayas dado cuenta? Si me echaras de aquí, terminaría como mi madre.

–¿Qué quieres decir con eso? Tú no te pareces a tu madre –observó.

Rosie respiró hondo.

–Puede que no, pero ella también estaba enamorada de mi padre al principio.

–Eso dice ella –comentó con ironía–. Pero, ¿qué tiene que ver tu madre con nosotros?

–Que yo la creo. Mi padre no la amaba tanto como

ella a él, así que Eva lo abandonó. Si me alejas de tu lado, nunca amaré a nadie más. Así que si no quieres que sea tu esposa y la madre de tus hijos...

–¿Que no lo quiero? Lo deseo tanto que me está devorando por dentro. Lo deseo tanto que no me atrevo a creerte.

–A mí me ocurre lo mismo.

Rosie se acercó y le puso una mano en el pecho.

–Si me amas, ¿por qué lo has mantenido en secreto? –continuó ella.

Él la miró y sonrió con humor.

–¡Porque he sido un idiota! Estabas tan decidida a mantener nuestra relación en el terreno de lo estrictamente sexual que me convencí de que no me amabas.

–Pues te amaba, Gerd. Pero no quería que te dieras cuenta... porque yo estaba convencida de que tú no me amabas a mí.

Gerd estalló en carcajadas. Cuando se tranquilizó un poco, dijo:

–Pues te amo, Rosemary. Y espero que tú me necesites, porque yo te necesito más que a mi propia vida, más que nada en el mundo.

–Ojalá me lo hubieras dicho antes...

Él le dedicó una sonrisa irónica.

–Ojalá hubiera tenido el valor. Supongo que la culpa es de mi orgullo... esperaba que nuestra pasión rompiera tu supuesto encaprichamiento con Kelt; y que cuando empezaras a confiar en mí, también empezaras a amarme.

Ella sacudió la cabeza.

–Aunque aquel día nos vieras besándonos, me parece increíble que me creyeras enamorada de él...

–Estaba celoso. Y ya sabes que los celos no se atienen a razones –se defendió–. Incluso cuando fuimos a mi villa, sentía celos. A pesar de que parecías tan feliz como yo.

–Y lo era –le confesó Rosie.

–Pero luego lo estropeé todo. Vi la oportunidad de tenerte para siempre y te presioné. Tú te defendiste con todas tus fuerzas y yo me di cuenta de que te ibas a casar conmigo aunque no lo deseabas.

–En eso te equivocas. Lo deseaba con todas mis fuerzas. Pero no quería casarme contigo por motivos tan... impersonales.

–¿Impersonales?

Rosie frunció el ceño.

–Por supuesto. Yo quería casarme contigo por amor, para pasar el resto de mi vida a tu lado. No quería un matrimonio de conveniencia.

–¿De conveniencia? Pero si has convertido mi vida en un desastre... has logrado que pase por encima de mis principios y haga cosas que nunca habría hecho. No, definitivamente, nunca había conocido a una mujer más inadecuada para mí –bromeó mientras le apartaba un mechón de la cara–. Ah, si pudiera, te llevaría a la cama ahora mismo y te demostraría lo que siento...

–¿Y por qué no lo haces?

–Porque no puedo. El primer ministro me llamará dentro de diez minutos para darme las últimas noticias sobre la crisis económica. Y si cometo el error de tocarte, aunque sólo sea para darte un beso en la punta de la nariz, perderé el control.

–En tal caso, adelante, márchate. No quiero interponerme entre Carathia y tú –dijo ella con humor.

–No te preocupes. Podemos seguir después.

Rosie rió y Gerd salió de la habitación.

Después, se acercó al balcón, contempló el paisaje y se acordó de las flores blancas de las montañas y de los arrayanes del templo de Afrodita, que tanto le recordaban a Nueva Zelanda, su país.

En ese momento no le importaba nada que no fuera Gerd. Hasta su viejo sueño de abrir una floristería se había convertido en una neblina cada vez más distante.

Dos horas más tarde, cuando Gerd volvió a sus habitaciones, descubrió que habían instalado una mesa para dos, con flores y velas.

–¿Cuándo se come? –preguntó.

–Dentro de media hora –respondió Rosie–. Pensé que antes podríamos tomar una copa de champán, de modo que le dije al mayordomo que sacara la mejor botella de la bodega.

Gerd miró la botella en cuestión.

–Ah, sí... una elección perfecta.

El príncipe contempló el vestido de seda que Rosie se había puesto y añadió:

–Cuando tenías dieciocho años y yo treinta, nuestra diferencia de doce años me parecía un mundo. Hace un par de horas, en cambio, ya no me parecía importante. Y ahora, me vuelve a parecer una eternidad... Me siento viejo cuando te miro.

–Tú no eres viejo, Gerd. ¿Puedo pedirte un favor? No quiero que vuelvas a hablar de la diferencia de edad. A mí no me importa, y no entiendo que a ti te importe. Además, me encargaré de mantenerte eternamente joven.

Gerd descorchó la botella de champán, sirvió dos copas y le dio una.

–Brindemos por eso. Creo que me enamoré de ti cuando te besé por primera vez...

–Si eso es verdad, has perdido muchísimo tiempo conmigo –se burló.

–No, no creo que haya perdido el tiempo. Entonces eras prácticamente una niña; pero con los años, te has convertido en una mujer. Nuestra diferencia de edad ya no tiene ninguna importancia.

–Claro que no. Lo único que importa es que nos amamos –afirmó ella–. Y te aseguro que yo te amaré siempre.

–Me alegro –dijo él, con voz profunda–, porque tengo las mismas intenciones que tú.

Mucho más tarde, cuando descansaban en la cama después de toda una noche de pasión, Rosie le puso una mano en el hombro.

–Siento haberte mordido. No era mi intención.

–Me puedes morder siempre que quieras, Rosemary. Siempre y cuando no me hagas heridas...

Rosie le besó las marcas de sus dientes y preguntó:

–¿Por qué estabas tan distante conmigo?

Él la abrazó.

–En parte, porque intentaba no volverme loco durante el año que falta para que nos casemos. Y en parte, porque quería concederte espacio... yo te había empujado a esta situación y sabía que no eras feliz. Pensé que necesitabas tiempo.

–No necesito tiempo; te necesito a ti. Pero dime,

¿vamos a ser tan discretos cuando nos hayamos casado?

–Me temo que sí.

Él la acarició suavemente y ella se estremeció.

–Va a ser muy duro...

–Nos las arreglaremos.

–Cuando me propusiste que me casara contigo, dijiste que sería buena para Carathia y para ti... ¿Por qué estás tan seguro?

Gerd tardó un momento en contestar.

–Porque te amo y sé que me harás feliz. En cuanto a Carathia, lo dije por algo más sutil... Le caes bien a la gente, Rosemary. Eres inteligente, bella, agradable y sensible. ¿Qué más podría desear un país?

–Espero estar a la altura de las circunstancias. No sé nada sobre ser una gran duquesa. No quiero defraudar a Carathia ni defraudarte a ti.

–No nos defraudarás –le aseguró–. Como sabes, mi abuelo era neozelandés; él tampoco sabía nada sobre ser el marido de un gran duquesa, pero las gentes de Carathia lo adoraban. Y estoy seguro de que también te querrán a ti... además, tendrás todo mi apoyo.

Rosie se sintió más segura que nunca. Ya no tenía miedo.

–¿Cuándo decidiste casarte conmigo? –quiso saber.

–Esto no te va a gustar...

–Dímelo de todas formas.

–Cuando me di cuenta de que eras virgen. Pensé que si habías mantenido la virginidad, era porque lo considerabas importante. Y sin embargo, me la regalaste a mí.

Rosie frunció el ceño.

–¿Me pediste que me casara contigo como una especie de recompensa?

–No, no es eso. Pero esperaba que el regalo de tu virginidad significara que sentías algo más por mí, algo más que deseo.

–¿Es que mi deseo te parece poco?

Gerd sonrió.

–Bueno, debo confesar que no soportaba la idea de que te hubieras acostado con otros hombres. Me ponía verdaderamente enfermo... –respondió–. Pero ahora es mi turno de preguntas, Rosemary. ¿Por qué estabas tan convencida de que no te amaba?

Rosie no estaba acostumbrada a revelar sus sentimientos, ni siquiera a sus amigos más íntimos. Pero estaba con Gerd, el hombre de su vida.

–Supongo que porque crecí pensando que nadie me podía amar. Mi madre me abandonó y mi padre no estaba nunca en casa... No es que sufriera mucho, porque la señora Jameson fue muy buena conmigo, pero Alex pasaba casi todo el año en el internado y me sacaba tantos años que nunca nos llevamos especialmente bien. No me sentí querida hasta que llegué a Kiwinui y Kelt se convirtió en mi hermano y mi padre a la vez.

–Me temo que los demás tampoco fuimos muy cariñosos contigo...

–Oh, te equivocas. Todos fuisteis maravillosos. Kelt me enseñó a nadar, tú me enseñaste a montar a caballo y Alex me enseñó a jugar al ajedrez. Hasta tu abuela fue encantadora conmigo... y creo que tu padre también me quería, a su modo.

–Debimos haber sido más perceptivos. No comprendimos tu inseguridad.

–¿Cómo podíais saberlo? Ni yo misma me entiendo. Creo que mi madre me influyó tan negativamente que llegué a creer que el amor era imposible.

–Y yo, entre tanto, estaba seguro de que sabías que te amaba. Pero pensaba que sólo querías una aventura conmigo.

Rosie se ruborizó.

–Pues no. Te equivocaste por completo.

Gerd sonrió sin humor.

–Hemos sido un par de idiotas. Nos merecemos el uno al otro –afirmó el príncipe–. Me di cuenta de que me había metido en un buen lío cuando la posibilidad de que estuvieras embarazada me dio la excusa perfecta para ofrecerte el matrimonio.

Rosie resopló.

–O sea, que mientras yo sufría porque creía que no me amabas y me volvía loca intentando decidir si debía casarme contigo, ¿tú lo estabas disfrutando?

–No, ni mucho menos. Al principio me alegré mucho, pero luego me di cuenta de lo que estaba haciendo... Además, tú empezaste a marcarme las distancias incluso antes de que volviéramos a la capital.

–¿A marcarte las distancias? Pero si eras tú quien se mantenía lejos... todas las noches me acompañabas al dormitorio y todas las noches te marchabas sin hacer otra cosa que besarme en la frente. ¿Qué podía pensar?

–Sólo pretendía darte tiempo para que te acostumbraras a la idea de convertirte en mi esposa y de vivir en Carathia... sin abrumarte con el deseo.

—¿Y a ti? ¿También te abrumaba?

Gerd la besó en los labios.

—Oh, sí... Pero estaba muy asustado. Tenía miedo de que el deseo me dominara tanto que dejara de prestar la atención necesaria a los problemas de mi país. Sin embargo, eso ya no me importa. Lo único que quiero, lo único que necesito, eres tú. Por supuesto, Carathia siempre será importante para mí, pero tú eres el único amor de mi corazón.

Los ojos de Rosie se llenaron de lágrimas.

—Y tú del mío —dijo con voz temblorosa—. Para siempre.

—Para siempre —repitió él—. ¿Y ahora? ¿Te apetece otra copa de champán?

—No, prefiero algo de una cosecha mejor.

Gerd sonrió, la tomó en sus brazos y la tumbó en la cama.

Más tarde, cuando llegara el momento, tendrían que organizar una gran ceremonia nupcial para satisfacer los deseos de las buenas gentes de Carathia. Pero de momento, sólo tenían que disfrutar de la vida y del amor.

Tras el carnaval de campanadas que resonó en sus oídos durante varios días, Rosie agradeció el silencio de la villa. María los recibió en la puerta, los felicitó, les dio todo tipo de explicaciones sobre la comida que les había dejado y se marchó.

—¿Cansada? —preguntó Gerd, pasándole un brazo por encima de los hombros.

—Un poco —reconoció.

Cuando Gerd la tomó en brazos y cruzó con ella el umbral de la casa, ella añadió:

—Dentro de poco no podrás llevarme...

—Creo que podré contigo hasta dentro de unos meses.

—Gemelos. Aún no puedo creer que esté embarazada de gemelos —declaró Rosie—. Seremos buenos padres, ¿verdad? Nos aseguraremos de que tengan la infancia que nosotros no tuvimos... una infancia feliz y segura, para que se conviertan en adultos felices y seguros.

—Por supuesto que sí. Y ahora que mencionas lo de los gemelos, estoy considerando la posibilidad de mantener en secreto la información para que nadie, salvo el médico y nosotros, sepa cuál de los dos niños nace antes. Así les evitaríamos en el futuro la maldición de la leyenda de Carathia.

Rosie rió.

—Sí, no es mala idea. Pero si quieres que tengan un futuro tranquilo, tus planes sobre el sistema educativo me parecen más adecuados... Dentro de cincuenta años, nadie se acordará de esa leyenda.

Gerd la posó en la cama con suavidad y la miró con amor.

Aquella misma mañana se habían convertido en marido y mujer a los ojos de todo el Gran Ducado de Carathia. Pero ahora, en aquella casa, dentro de aquella habitación, sólo eran un hombre y una mujer, dos amantes.

Emocionado, el príncipe se sentó en la cama y la besó en el cuello.

—¿Estás muy cansada? —le preguntó, dominado por el deseo.

Ella soltó una carcajada lenta y sensual.

–No, no tan cansada.

Rosie notó la tensión de su cuerpo, y cuando empezaron a recorrer el camino de la pasión, supo que podrían afrontar cualquier cosa que el destino los deparara.

Al fin y al cabo, estaban juntos. Y se amaban.

Por un millón de dólares… ¡una amante a su merced!

Sin casa y sin dinero, Cleo Taylor buscaba un puesto de trabajo digno. Estaba dispuesta a aceptar cualquier tipo de empleo…

El magnate de los negocios Andreas Xenides buscaba a una mujer hermosa para un trabajo muy especial en la isla de Santorini.

Términos del contrato: amante durante un mes.

Salario: un millón de dólares.

No se precisaba experiencia…

Amante por dinero

Trish Morey

Acepte 2 de nuestras mejores novelas de amor GRATIS

¡Y reciba un regalo sorpresa!

Oferta especial de tiempo limitado

Rellene el cupón y envíelo a
Harlequin Reader Service®
3010 Walden Ave.
P.O. Box 1867
Buffalo, N.Y. 14240-1867

¡Sí! Por favor, envíenme 2 novelas de amor de Harlequin (1 Bianca® y 1 Deseo®) gratis, más el regalo sorpresa. Luego remítanme 4 novelas nuevas todos los meses, las cuales recibiré mucho antes de que aparezcan en librerías, y factúrenme al bajo precio de $3,24 cada una, más $0,25 por envío e impuesto de ventas, si corresponde*. Este es el precio total, y es un ahorro de casi el 20% sobre el precio de portada. ¡Una oferta excelente! Entiendo que el hecho de aceptar estos libros y el regalo no me obliga en forma alguna a la compra de libros adicionales. Y también que puedo devolver cualquier envío y cancelar en cualquier momento. Aún si decido no comprar ningún otro libro de Harlequin, los 2 libros gratis y el regalo sorpresa son míos para siempre.

416 LBN DU7N

Nombre y apellido	(Por favor, letra de molde)

Dirección	Apartamento No.

Ciudad	Estado	Zona postal

Esta oferta se limita a un pedido por hogar y no está disponible para los subscriptores actuales de Deseo® y Bianca®.
*Los términos y precios quedan sujetos a cambios sin aviso previo.
Impuestos de ventas aplican en N.Y.

SPN-03   ©2003 Harlequin Enterprises Limited

Deseo™

Con la ayuda del jeque

TESSA RADLEY

Prácticamente en la ruina, Tiffany Smith no podía pedirle ayuda a nadie salvo al guapísimo banquero Rafiq Al Dhahara. ¿Pero a qué precio?

Él no podía creer que sólo fuese una chica inocente que estaba pasando por un mal momento, pero su desconfianza no evitó que Tiffany se quedase prendada de él… y pasara en su cama una apasionada noche.

Meses después, Tiffany se encontró de nuevo a merced de Rafiq. Quería darle la noticia de su embarazo, pero convencerlo de que era el padre de su hijo iba a ser una tarea difícil.

Embarazada del jeque

Bianca™

El millonario no iba a dejarla escapar tan fácilmente…

Al ver las cautivadoras curvas de Bethany Maguire bajo un precioso vestido de seda, Cristiano de Angelis decidió vivir una noche de pasión con la joven irlandesa. Por su cama ya había pasado una larga lista de bellas herederas, ¿qué más daba una más o menos?

Pero Bethany no era una chica de la alta sociedad, sino una joven estudiante extranjera que estaba cuidando un apartamento de lujo en el centro de Roma cuando se dejó llevar por la tentación de probarse uno de los elegantes vestidos de la propietaria.

No había sitio para ella en la vida de Cristiano y cuando descubrió que estaba embarazada decidió salir huyendo.

Hijo de una noche

Cathy Williams